AF376173

INHALTSVERZEICHNIS

Die Arena – Kampf um das Leben

Ich stehe vor dem dunklen Eingangstor der Arena, meine Hände zittern leicht. Der Staub und Sand wirbeln mir um die nackten Füße, als würde die Erde selbst meine Angst wahrnehmen und verspotten. Die Menge draußen jubelt, der Lärm durchdringt die dicken Steinmauern wie der Donner eines Gewitters. In meiner Brust hämmert mein Herz wie eine Kriegstrommel. Jeder Schlag fühlt sich an, als ob er der letzte sein könnte.

Ich bin jung, siebzehn Sommer alt, mein Körper sehnig, noch ungezeichnet von Kämpfen, doch schon gezeichnet vom Leid der Sklaverei. Niemand glaubt an mich. Niemand kennt meinen Namen, für die Welt bin ich nur ein bedeutungsloses Opfer, ein Schatten, der heute von der Bühne der Welt verschwinden wird. Mein Gegner hingegen ist eine Legende: Marcus Valerius, der „Schlächter von Syrakus". Seine Siege schmücken ihn, die Narben auf seiner breiten Brust sind Zeugnisse seiner Triumphe. Die Zuschauer lieben ihn, die Frauen verehren ihn, sogar die Senatoren respektieren ihn.

Ich atme tief ein, meine Finger umklammern das kurze Schwert – meinen Gladius – so fest, dass meine Knöchel weiß hervortreten. Plötzlich quietschen rostige Scharniere, als sich das schwere Holztor langsam öffnet und ich trete hinaus ins grelle Licht. Die Sonne blendet mich, ich kneife die Augen zusammen. Für einen kurzen Moment sehe ich nur tanzende Schatten, verschwommene Konturen von tausenden Gesichtern. Mein Puls beschleunigt sich noch weiter.

Langsam gewöhnen sich meine Augen an die Helligkeit. Vor mir breitet sich die gewaltige Arena aus. Der Boden aus hellem Sand ist stellenweise rötlich verfärbt – stumme Zeugen vergangener Kämpfe. Die Zuschauer schreien, lachen, spotten. Manche wetten lautstark auf meinen sicheren Tod. Die Atmosphäre ist geladen, jede Faser in mir spürt diese grausame Lust am Spektakel, an der Gewalt, am Tod.

Auf der gegenüberliegenden Seite tritt Marcus Valerius in die Arena. Seine mächtigen Schultern glänzen vor Öl, seine Muskeln spielen, als er den schweren bronzenen Helm aufsetzt. Seine Rüstung funkelt golden, seine Haltung ist selbstsicher, arrogant. Er hebt seinen Arm zum Gruß an die jubelnde Menge, dreht sich einmal im Kreis. Tausende stimmen seinen Namen an: „Valerius! Valerius!"

Ich fühle mich kleiner als je zuvor. Doch dann regt sich in mir etwas. Nicht Mut, eher eine trotzige Wut. Ich denke an mein kurzes Leben, an die Demütigungen, an die kalten, schlaflosen Nächte auf hartem Stein. Warum sollte ich heute sterben? Warum sollte er mich so leicht brechen dürfen?

Die Trompete bläst zum Kampf, scharf, metallisch, gnadenlos.

Valerius setzt sich in Bewegung, sein Gang selbstbewusst und ruhig. Ich gehe ebenfalls los, unsicher, vorsichtig. Das Schwert zittert immer noch in meiner Hand. Als wir uns gegenüberstehen, sehe ich seine dunklen Augen durch die Öffnungen seines Helmes. Sie funkeln abschätzig, kalt, gleichgültig. Er spricht mit tiefer Stimme, so dass nur ich ihn höre:

„Mach es mir nicht zu einfach, Junge. Die Menge will Unterhaltung."

Dann beginnt der Tanz des Todes. Valerius holt kraftvoll aus, sein Schwert schwingt mit unglaublicher Wucht auf mich zu. Instinktiv ducke ich mich weg, stolpere rückwärts, stürze fast. Die Menge lacht höhnisch. Er lässt mir kaum Zeit, mich aufzurichten, schon stößt er erneut zu. Metall trifft auf Metall, ich pariere verzweifelt, mein Arm erzittert unter der Wucht seines Angriffs. Ein stechender Schmerz durchfährt meinen Unterarm, doch ich kämpfe weiter.

Die Minuten vergehen quälend langsam, ich werde zurückgedrängt, getrieben wie ein Tier auf der Jagd. Doch plötzlich wird mir bewusst: Er unterschätzt mich. Valerius genießt es zu sehr, mich langsam auszukosten. Er wird leichtsinnig, selbstgefällig. Seine Bewegungen werden größer, seine Deckung schwächer.

Ich erkenne eine winzige Chance. Als er erneut zusticht, drehe ich mich blitzschnell zur Seite, fühle, wie seine Klinge an mir vorbeirauscht. Sofort stoße ich zu – nicht kraftvoll, sondern blitzartig, instinktiv. Mein Schwert trifft seine Seite knapp unterhalb der Rüstung. Er schreit überrascht auf, taumelt zurück. Blut spritzt auf den Sand, die Menge hält kurz inne, staunt, murmelt ungläubig.

Zum ersten Mal sehe ich Furcht in seinen Augen. Doch diese Angst verwandelt ihn. Plötzlich greift er wütend an, keine Spur mehr von Arroganz, nur noch wilder Hass. Seine Angriffe sind brutaler, schneller, verzweifelter. Ich kämpfe um mein Leben, lasse mich fallen, rolle zur Seite, springe auf, weiche aus, spüre den Sand auf meiner Haut, das Feuer in meinen Lungen.

Irgendwann sehe ich die Müdigkeit in seinen Bewegungen. Ich fühle die Kraft in mir wachsen. Sein nächster Angriff ist langsamer, vorhersehbarer. Ich weiche ihm geschickt aus und nutze seinen Schwung gegen ihn. Mit aller Kraft werfe ich mich nach vorne und stoße mein Schwert tief in seine Brust.

Die Welt erstarrt für einen kurzen Moment. Valerius starrt mich ungläubig an, Blut tropft von seinen Lippen. Langsam sinkt er zu Boden. Stille herrscht nun, eine unnatürliche Stille, die ich nie vergessen werde. Dann bricht das Publikum in frenetischen Jubel aus.

Ich stehe zitternd in der Mitte der Arena. Der Held, der niemand sein sollte, der Junge, den man opfern wollte – und doch stehe ich hier, lebendig.

Ich hebe den Kopf, sehe in den blauen Himmel über Rom. Heute habe ich nicht nur überlebt, ich habe bewiesen, dass auch ein Außenseiter siegen kann.

Heute habe ich gekämpft wie ein Gladiator.

Der zweite Kampf – Auf Messers Schneide

Ich stehe erneut in der Arena, doch diesmal ist alles anders. Heute betrete ich den Sand nicht als namenloses Opfer, sondern als einer, dessen Gesicht zumindest einige Zuschauer bereits kennen. Der Jubel von letzter Woche ist verklungen, ersetzt durch eine Mischung aus Neugier, Skepsis und verhaltener Spannung. Die Masse wartet, ob mein Sieg gegen Marcus Valerius nur ein Zufall war oder ob ich tatsächlich Talent und Überlebenswillen besitze.Die Narben meines ersten Kampfes sind kaum verheilt, doch sie schmerzen nicht mehr. Stattdessen erinnern sie mich daran, wer ich nun bin: ein Gladiator, der das Blut seines Gegners schon vergossen hat. Mein Atem geht ruhig, tiefer als beim letzten Mal. Mein Puls hämmert zwar schnell, aber kontrolliert.

Die Tore öffnen sich wieder mit einem tiefen Knarren, das durch meinen Körper vibriert. Ich schreite hinaus ins Licht der Sonne, deren Hitze meine nackten Schultern sofort umfängt. Der Sand knirscht rau unter meinen Füßen, meine Sinne sind hellwach. Der Geruch von altem Blut, Eisen und Schweiß erfüllt die Luft, mischt sich mit dem süßlichen Duft von Weihrauch, den einige Priester in Ehren der Götter verbrennen. Heute ist die

Arena gefüllt bis zum letzten Platz; niemand will den Kampf verpassen, der vielleicht endgültig über mein Schicksal entscheidet.Mein Gegner betritt die Arena durch das gegenüberliegende Tor: Titus Flavius, genannt „Der Panther von Capua". Sein Ruf ist beinahe ebenso berüchtigt wie der meines vorherigen Gegners, doch anders. Titus ist nicht brutal, sondern präzise. Seine Bewegungen sind geschmeidig, seine Attacken schnell und elegant. Er trägt nur eine leichte Lederrüstung, um flexibel zu bleiben. Sein Helm glänzt silbern in der Sonne, verziert mit zwei schwarzen Federn, die ihn tatsächlich wie einen Raubvogel wirken lassen. Er ist nicht alt, höchstens Mitte zwanzig, doch er wirkt selbstbewusst, erfahren und entschlossen. Wir treffen uns in der Mitte der Arena, der Trompetenton hallt erneut über die Köpfe der Zuschauer hinweg. Titus nickt mir respektvoll zu. Seine Augen sind nicht voller Verachtung, sondern analytisch, wachsam, fast neugierig.

„Du bist kein Zufallstreffer, nicht wahr?", fragt er leise. Seine Stimme klingt klar und kontrolliert. „Mach mir die Ehre und kämpfe wie ein Mann."

Ich nicke stumm. Die Menge schweigt, gespannt auf die ersten Bewegungen. Dann beginnen wir zu kreisen – vorsichtig, wartend, einschätzend. Niemand will den ersten Fehler machen.

Titus greift zuerst an – unglaublich schnell, wie eine Schlange. Seine Klinge zischt durch die Luft, ich weiche gerade noch rechtzeitig zurück. Mein Herz schlägt heftiger, ich atme tiefer ein und fokussiere mich. Wir tauschen erste, vorsichtige Schläge aus, testen uns gegenseitig. Meine Deckung hält, doch seine Schnelligkeit überrascht mich immer wieder.

Er bewegt sich federleicht auf den Fußballen, ständig wechselnd zwischen Angriffs- und Verteidigungshaltung. Ein scharfer Schmerz durchzuckt mich plötzlich, als seine Klinge einen Schnitt an meinem linken Oberarm hinterlässt. Warmes Blut läuft meine Haut herunter, doch ich lasse mich nicht irritieren.

Die Zuschauer beginnen zu jubeln, der Kampf nimmt an Fahrt auf. Titus scheint jedoch nicht auf schnelle Siege aus zu sein, sondern testet systematisch meine Schwächen. Er ist intelligent, lőést mich wie eine offene Schriftrolle. Jeder Fehler könnte nun mein letzter sein.

Ich weiß, ich muss seinen Rhythmus durchbrechen. Wenn ich ihm weiterhin die Kontrolle über den Ablauf lasse, bin ich verloren. Ich täusche links an, schwinge mein Schwert dann blitzschnell rechts herum. Titus springt zurück, überrascht von meiner unerwarteten Offensive, und für einen kurzen Moment liegt Verwirrung in seinen Augen. Ich nutze diesen Augenblick, gehe auf ihn zu, zwinge ihn erstmals in die Defensive.

Er pariert geschickt, weicht nach links aus, und plötzlich spüre ich seinen Ellbogen schmerzhaft in meinen Rippen. Ein brennender Schmerz raubt mir kurz die Luft. Ich stolpere zurück, Titus folgt mir sofort, unerbittlich, entschlossen, mir keine Pause zu gönnen.

Ich atme schwer, spüre den Sand unter mir nachgeben. Der Kampf zieht sich hin, jeder Schlag kostet mehr Kraft als der vorherige. Der Sand klebt mittlerweile an meinen Füßen und meinen Wunden, brennt und reibt wie Salz. Die Welt schrumpft auf Titus und mich zusammen, zwei Kämpfer im endlosen Tanz zwischen Leben und Tod.

Wir kämpfen minutenlang – Minuten, die sich wie Stunden anfühlen. Titus wird langsamer, auch er spürt die Erschöpfung. Ich sehe die Erschöpfung in seinem Gesicht, höre sein Keuchen hinter seinem Helm. Doch auch ich bin am Ende meiner Kräfte.

Plötzlich macht Titus seinen entscheidenden Zug: Er täuscht einen Schlag gegen meinen Kopf vor, doch ich erkenne seine Absicht und lasse mich in letzter Sekunde fallen. Ich rolle mich im Sand zur Seite ab, springe blitzschnell wieder auf die Beine. Titus dreht sich zu mir, seine Brust ist nun für einen kurzen Moment ungeschützt.

Jetzt oder nie.

Mit aller Kraft stoße ich mein Schwert nach vorn, gezielt, entschlossen, präzise. Die Klinge findet ihren Weg, gleitet unterhalb seiner Rippen tief hinein. Ein erstickter Laut verlässt seinen Mund. Sein Schwert fällt in den Sand, seine Hände greifen verzweifelt nach meiner Schulter, doch seine Kraft entweicht mit seinem Blut. Langsam sinkt er zu Boden, ein Ausdruck von Überraschung und Schmerz in seinen Augen.

Die Arena explodiert erneut in Jubel, Applaus brandet auf, doch ich höre es kaum. Ich stehe da, schwer atmend, voller Blut, Schweiß und Staub, mein Körper zittert vor Erschöpfung. Mein Herz fühlt sich an, als wolle es jeden Moment explodieren. Doch diesmal verspüre ich keinen Stolz, nur tiefe Ehrfurcht vor dem Leben, das ich gerade beendet habe. Titus stirbt würdevoll, mit einem letzten respektvollen Nicken in meine Richtung.

Ich habe erneut überlebt. Doch dieses Mal fühle ich mich nicht als Sieger, sondern vielmehr als Überlebender, dessen Hände nun ebenfalls Blut tragen, das er niemals wieder loswerden wird.

Die Menge feiert meinen Namen, aber ich erkenne nun den wahren Preis meines Ruhmes. Die Arena nimmt nicht nur das Leben meiner Gegner – sie fordert jedes Mal auch einen Teil meiner Seele.

Ich blicke hinauf zum Himmel, erschöpft, blutverschmiert, nachdenklich.

Heute bin ich erneut Sieger. Doch was hat dieser Sieg aus mir gemacht?

Der dritte Kampf – Tanz mit dem Netzwerfer

Meine Wunden vom letzten Kampf sind noch nicht verheilt. Jede Nacht werde ich verfolgt von Gesichtern der Männer, die ich getötet habe. Dennoch ruft mich die Arena erneut – ein unersättlicher, blutrünstiger Meister, der seinen Tribut verlangt.

Als ich dieses Mal durch das Tor in die Arena trete, spüre ich deutlich, dass sich etwas verändert hat. Die Zuschauer jubeln laut und rhythmisch, rufen nun sogar meinen Namen, um mich anzufeuern. Der Duft von Sand, Blut und Schweiß ist vertraut geworden, fast schon beruhigend. Doch ich lasse mich nicht täuschen; heute wartet ein neuer, gefährlicher Gegner auf mich.

Plötzlich öffnet sich das gegenüberliegende Tor, und mein Gegner tritt kraftvoll und entschlossen in die Arena. Ein Raunen geht durch die Menge, als der Mann sichtbar wird: groß, muskulös, mit breiten Schultern und starken Armen, sein dunkler Körper glänzt wie polierter Ebenholz unter der glühenden Sonne. Ein Mann aus Afrika, ein Retiarius – bewaffnet mit einem Netz und einem Speer, nahezu ungerüstet, nur geschützt durch eine leichte Lederschürze um seine Hüften. Sein kahler Kopf glänzt vor Öl, seine Gesichtszüge sind markant, seine Haltung selbstbewusst und furchtlos.

Er hebt seinen Speer hoch in die Luft, begleitet von lautem Jubel. Ich weiß sofort, dass dieser Kampf anders wird. Die Arena bietet einem Retiarius einen großen Vorteil – sein Netz kann Gegner auf Abstand halten oder sie blitzschnell zu Boden reißen. Ich hingegen, ausgerüstet nur mit meinem Schwert und einem kleinen Schild, bin gezwungen, nah heranzukommen, um eine Chance zu haben.

Die Trompete erklingt, der Kampf beginnt.

Sofort setzt sich mein Gegner in Bewegung – schnell, geschmeidig, wie ein Leopard auf der Jagd. Sein Netz wirbelt elegant durch die Luft, und ich weiche hastig zurück, spüre, wie mein Puls sofort nach oben schnellt. Er ist extrem wendig, seine Bewegungen flüssig und kaum vorhersehbar. Ich versuche, mich ihm zu nähern, doch das Netz schwingt blitzschnell und gefährlich vor meinem Gesicht vorbei.

Die Menge jubelt begeistert; sie genießen dieses Spiel, dieses Ballett des Todes.

Ich greife an, doch jedes Mal, wenn ich ihm nahe komme, schlägt er mich mit dem Ende seines Speers geschickt zurück. Sein Blick ist ruhig und konzentriert, beinahe freundlich. Er macht keinen unnötigen Schritt. Ich beginne zu schwitzen, fühle langsam, wie Panik in mir aufsteigt. Wenn ich das Tempo nicht ändere, wird er mich mühelos überwältigen.

Er bewegt sich um mich herum, zwingt mich, ständig die Position zu wechseln. Ich verliere die Orientierung, spüre den brennenden Sand unter meinen Füßen, und meine Muskeln beginnen, schwer zu werden. Plötzlich wirft er sein Netz aus – blitzartig, präzise. Ich springe seitlich, falle auf den Sand, rolle mich ab und spüre die rauen Sandkörner schmerzhaft auf meiner Haut. Das Netz streift mich nur knapp, aber meine Erleichterung hält nur einen Moment an. Denn sofort folgt er mit einem gezielten Stoß seines Speers, der knapp an meinem Kopf vorbei in den Sand sticht.

Ich springe auf, atme heftig, der Schweiß rinnt mir übers Gesicht. Jetzt begreife ich: Ich muss den Rhythmus des Kampfes verändern, ihn überraschen. Er erwartet einen defensiven Gegner – ich muss ihn provozieren, zu Fehlern zwingen.

Ich bleibe plötzlich stehen, tue, als wäre ich erschöpft, zeige eine Schwäche, die er sofort wahrnimmt. Er greift an, das Netz fliegt erneut durch die Luft – diesmal springe ich direkt darauf zu, ducke mich knapp darunter weg und komme ihm näher. Die Überraschung ist deutlich in seinen Augen sichtbar.

Zum ersten Mal habe ich ihn aus der Balance gebracht.

Wir kämpfen nun auf engstem Raum, seine Bewegungen werden hektischer, weniger kontrolliert. Ich versuche, seine Arme zu treffen, doch seine Reflexe sind immer noch unglaublich schnell. Mein Schwert trifft ihn leicht an der Schulter, ein dünner Blutstrom tropft auf seinen dunklen Körper. Er zuckt kaum, lächelt sogar ein wenig anerkennend.

Doch seine Antwort kommt schnell und heftig: Ein heftiger Stoß seines Speers trifft mein Schild mit solcher Wucht, dass es zerbricht und mir aus der Hand fällt. Ich stehe plötzlich ohne Schutz da, nur noch mein Schwert bleibt mir. Die Menge jubelt ekstatisch, ich sehe in ihren Gesichtern, dass sie einen tödlichen Treffer erwarten.

Mein Gegner weiß, dass er im Vorteil ist. Sein Netz kreist erneut gefährlich in der Luft, und ich begreife, dass mir nur noch ein verzweifelter Zug bleibt. Als er erneut nach mir wirft, ergreife ich blitzschnell die einzige Chance, die mir bleibt: Ich werfe mich unter das Netz hindurch, packe es und ziehe kräftig daran, so dass er das Gleichgewicht verliert. Überrascht stolpert er auf mich zu, und zum ersten Mal ist er verwundbar.

Unsere Blicke treffen sich kurz, eine seltsame Mischung aus Respekt und Entsetzen in seinen Augen, während ich die Spitze meines Schwertes mit aller Kraft nach vorne stoße. Die Klinge bohrt sich tief in seinen Oberkörper hinein, knapp oberhalb des Bauches. Ein Schrei verlässt seine Kehle, ein Ruf aus Überraschung und Schmerz. Er taumelt, sinkt auf die Knie, sein Speer gleitet aus seinen Fingern in den Sand.

Ich stehe keuchend über ihm, mein Herz schlägt wild, meine Hände zittern. Er schaut mich an, seine Augen klar und voller Würde. Er weiß, was als Nächstes kommt.

Die Menge wartet gespannt auf mein Urteil – auf mein endgültiges Ende dieses Kampfes. Doch ich zögere. Er hat tapfer gekämpft, ein würdiger Gegner, und sein Tod fühlt sich plötzlich falsch an.

„Tu es schnell", flüstert er mit ruhiger, tiefer Stimme. „Zeig mir Respekt."

Ich atme tief ein, nicke langsam. Mit einem entschlossenen, schnellen Hieb beende ich sein Leben. Er sinkt zur Seite, sein Blut vermischt sich mit dem Sand, und die Arena explodiert erneut in Jubel und Applaus.

Doch in mir breitet sich Stille aus. Ich fühle keine Freude, nur Erschöpfung und tiefe Trauer. Er war mutig, ehrenhaft, und ich weiß nun, dass der Preis für meinen Ruhm hoch ist. Der Tod jedes Gegners nimmt etwas von mir, lässt mich innerlich leerer zurück.

Ich wende mich ab, gehe langsam zurück zum Tor, während der Jubel der Menge hinter mir langsam verstummt. Ich habe erneut gesiegt – doch dieser Sieg hat erneut Spuren in meiner Seele hinterlassen, die nie verheilen werden.

Ich bin ein Gladiator, doch mit jedem Kampf verstehe ich besser:
Der wahre Gegner in der Arena bin ich selbst.

Der vierte Kampf – Duell gegen den Axtkrieger

Wieder stehe ich im Inneren der Arena, und jedes Mal erscheint mir dieser Ort enger, bedrückender. Die Arena fordert ihren Tribut, und dieser Tribut sind die Narben auf meiner Haut und die Wunden in meiner Seele. Ich atme schwer, spüre mein Herz kräftig in der Brust schlagen. Mein Schwert liegt schwer in der Hand, vertraut, doch auch belastet von der Erinnerung der bisherigen Kämpfe.

Vor mir öffnet sich langsam das schwere Holztor. Diesmal tritt ein Gladiator heraus, der völlig anders ist als alle Gegner zuvor. Groß und stämmig, kräftig gebaut wie ein Baumstamm, trägt er eine massive zweischneidige Streitaxt, eine Waffe, die Kraft und Brutalität symbolisiert. Sein Gesicht ist von dichtem, schwarzem Bart umrahmt, ein tiefer Schnitt über seiner linken Wange zeugt von vergangener Gewalt. Er trägt einen schweren, eisernen Helm mit einer bedrohlichen Visieröffnung, die ihm ein wildes, fast animalisches Aussehen verleiht.

Er hebt langsam die schwere Axt über den Kopf und stößt einen rauen, wilden Kampfschrei aus, der die Menge begeistert und mir durch Mark und Bein geht. Ich begreife sofort: Dieser Mann ist kein Taktiker, kein eleganter Tänzer wie mein letzter Gegner, sondern ein Berserker, dessen Strategie rohe Gewalt und Zerstörung ist.

Die Trompete erklingt erneut, schrill und erbarmungslos.

Sofort stürmt der Axtkämpfer auf mich zu, die Waffe wirbelt in kraftvollen Schwüngen durch die Luft. Instinktiv springe ich zurück, der schwere Stahl saust dicht an mir vorbei und trifft hart auf den Sandboden, schleudert Staub und Sand in alle Richtungen. Mein Herz rast nun panisch, ich spüre, wie jeder Fehler meinen Tod bedeuten könnte.

Die Menge jubelt ekstatisch, schreit lautstark nach Blut und Gewalt.

Ich versuche, meine Gedanken zu ordnen. Ich darf nicht zulassen, dass ich in die Reichweite seiner schweren Axt gerate. Meine Beweglichkeit ist mein größter Vorteil. Doch mein Gegner weiß genau, dass er nur einen einzigen Treffer benötigt, um diesen Kampf zu beenden. Er attackiert gnadenlos, lässt mir keine Sekunde, um mich zu sammeln.

Die Axt schwingt erneut heran – diesmal seitlich, direkt auf Hüfthöhe. Ich tauche ab, fühle, wie der Luftzug mich streift. Der Gladiator nutzt den Schwung und dreht sich einmal um sich selbst, ehe er die Axt erneut von oben herunter schmettert. Ich rolle mich weg, Sand und Staub kleben bereits an meiner verschwitzten Haut. Ich richte mich auf, meine Atmung ist hektisch, verzweifelt.

Mein Gegner lacht laut und spöttisch, seine Augen funkeln grausam hinter dem dunklen Visier. Er genießt diese Jagd, diese Macht. Meine Angst gibt ihm Kraft. Ich weiß, ich muss ruhig bleiben, oder er hat schon gewonnen.

Wieder greift er an, diesmal direkt und frontal. Ich erkenne meine Chance: Als er die Axt erneut erhebt, renne ich nicht weg, sondern springe direkt auf ihn zu, überrasche ihn mit meiner offensiven Bewegung und versuche, nah genug heranzukommen, um die Axt nutzlos zu machen. Doch er erkennt meine Absicht blitzschnell und schlägt mit seinem kräftigen Arm zu. Sein eiserner Handschuh trifft mein Gesicht hart, ich taumle zurück, schmecke Blut im Mund.

Die Menge jubelt enthusiastisch; sie spürt, dass mein Ende nahe sein könnte.

Mein Kopf dröhnt, meine Sicht verschwimmt kurz, doch ich bleibe stehen. Tief in mir wächst erneut Trotz, eine Wut, die stärker ist als meine Angst. Ich greife ihn an, nutze jeden Funken meiner verbleibenden Kraft. Mein Schwert schlägt schnell und gezielt zu, trifft ihn am Oberschenkel. Ein wütender Schrei verlässt seinen Mund. Blut sickert aus der Wunde, doch anstatt ihn zu schwächen, wird er noch zorniger.

Jetzt kämpft er wie ein verwundetes Tier, rasend vor Wut. Seine Axt zischt durch die Luft, ich weiche aus, fühle jedoch einen stechenden Schmerz an meiner Schulter, als die Axt mich nur knapp streift. Der Schmerz durchzuckt mich, doch ich weiß, dass ich jetzt standhaft bleiben muss. Jede Sekunde kostet Kraft, jede Bewegung muss sitzen.

Ich täusche nach links, weiche dann nach rechts aus, zwinge ihn, ständig die Richtung zu ändern. Seine Bewegungen werden schwerer, langsamer, seine Atmung rasselnd und angestrengt. Doch auch ich bin erschöpft, meine Beine zittern, mein Atem geht schwer.

Plötzlich, mitten in seiner nächsten wilden Attacke, geschieht es: Er verliert kurz das Gleichgewicht, rutscht leicht im Sand weg. Es ist eine winzige, fast unscheinbare Schwäche, aber für mich bedeutet sie alles. Ohne nachzudenken, werfe ich mich nach vorne und ramme mein Schwert mit aller Kraft seitlich in seine Brust.

Ein dumpfer Laut entfährt ihm. Die Axt gleitet ihm aus den Fingern, kracht schwer in den Sand. Er taumelt zurück, blickt mich mit weit aufgerissenen, ungläubigen Augen an. Seine Knie geben nach, langsam sackt er auf den Boden.

Stille breitet sich über der Arena aus, ehe ein ohrenbetäubender Jubel folgt. Doch ich höre ihn kaum, fühle kaum den Sieg, denn meine Gedanken kreisen nur darum, wie nahe ich gerade dem Tod gekommen bin.

Ich trete näher zu meinem sterbenden Gegner, der schwer atmend zu mir aufschaut. Ich sehe nun kein Monster, sondern einen Menschen – erschöpft, verletzt, geschlagen.

„Gut gekämpft, Junge", murmelt er, Blut tropft aus seinem Mundwinkel. „Du warst stärker, als ich dachte."

Dann sinkt sein Kopf nach vorne, und sein Leben endet still.

Ich richte mich auf, blicke hinauf zur jubelnden Menge, doch mein Blick bleibt leer. Ich erkenne erneut den Preis meiner Siege: die Einsamkeit, die Schuldgefühle, die Last, ein Leben genommen zu haben.

Langsam gehe ich zurück zum Tor, mein Körper erschöpft, verwundet und zittrig. Ich habe erneut überlebt, doch was bleibt, ist keine Freude, sondern eine tief sitzende Erkenntnis:

Die Arena verlangt ihren Preis, und der wahre Kampf liegt darin, meine Menschlichkeit zu bewahren – Kampf um Kampf, Gegner um Gegner, Tod um Tod.

Ich bin erneut Sieger – doch bin ich wirklich frei?

Der fünfte Kampf – Tanz der zwei Klingen

Es ist kaum genug Zeit vergangen, um meine letzten Wunden heilen zu lassen. Doch die Arena ist ungeduldig, fordert neue Kämpfe, neues Blut, neue Opfer. Als ich erneut das raue Holz des Eingangstores spüre, ist mir bewusst, dass mein Leben wieder auf dem Spiel steht. Ich nehme einen tiefen Atemzug und spüre, wie das Adrenalin in meinem Körper erwacht, als das Tor mit lautem Knarren aufgeht und ich hinaus in das grelle Sonnenlicht trete.

Die Sonne steht hoch am Himmel, unerbittlich heiß. Der heiße Sandboden ist längst zu meinem vertrauten Freund geworden – grausam, unnachgiebig, doch ehrlich. Die Menge begrüßt mich mit tosendem Applaus, manche jubeln meinen Namen, andere blicken gespannt, ob ich erneut überleben werde. Inzwischen bin ich nicht mehr unbekannt. Ich bin der junge Außenseiter, der sich in der Arena bewiesen hat, Kampf um Kampf. Doch je größer mein Ruhm, desto größer auch der Druck.

Plötzlich öffnet sich das gegenüberliegende Tor. Heraus tritt mein neuer Gegner, ein Mann mit einer ganz anderen Ausstrahlung als die bisherigen Kämpfer. Mittelgroß, drahtig, schlank – jeder Muskel seines Körpers wirkt straff gespannt, jederzeit zum schnellen Angriff bereit. Sein schwarzes, lockiges Haar quillt unter seinem bronzenen Helm hervor, seine tiefblauen Augen leuchten wachsam und voller Intelligenz. Er wirkt nicht roh und brutal, sondern elegant, selbstbewusst und strategisch.

Doch meine Aufmerksamkeit zieht sofort seine Waffe auf sich: In jeder Hand hält er ein Kurzschwert. Diese Art des Kampfes nennt man „Dimachaerus" – Gladiatoren, die mit zwei Waffen kämpfen, ohne Schild, auf maximale Geschwindigkeit und tödliche Präzision ausgelegt. Jeder Fehler meinerseits könnte der letzte sein. Meine Finger schließen sich fester um den Griff meines Schwertes, ich versuche ruhig zu atmen.

Die Trompete erklingt laut und klar. Sofort ist mein Gegner in Bewegung.

Seine Schritte sind federleicht und katzenhaft, ich merke schnell, wie gut er seine Waffen beherrscht. Beide Schwerter wirbeln geschickt um seinen Körper, eine tödliche Choreografie aus Stahl, die keine Lücke offen lässt. Ich bewege mich vorsichtig, teste seine Reaktionen, versuche einzuschätzen, wie nah ich mich heranwagen kann. Doch schon nach wenigen Augenblicken greift er unerwartet und blitzartig an.

Seine erste Attacke kommt von rechts, während sein zweites Schwert gleichzeitig von links zustößt. Mein Herz schlägt schneller, hektisch weiche ich aus, blockiere einen Schlag gerade noch mit dem Schwert. Metall schlägt klirrend auf Metall, die Vibration fährt mir durch den Arm bis in die Schulter. Sofort folgt seine zweite Attacke, kaum langsamer, präzise, kalkuliert. Wieder weiche ich zurück, stolpere beinahe über meine Füße.

Die Menge jubelt begeistert; dieses elegante, schnelle Duell fasziniert sie.

Schweiß läuft mir in die Augen, ich fühle mich bedrängt, fast gehetzt. Mein Gegner macht keine Pause, er lässt mir keine Zeit, Atem zu schöpfen. Jede Bewegung von ihm ist fließend, jeder Schritt geplant. Ich verstehe, dass ich diesen Kampf nicht durch rohe Kraft, sondern nur durch kluge Taktik gewinnen kann.

Ich beobachte ihn genau, beginne Muster in seinen Bewegungen zu erkennen. Trotz seiner Schnelligkeit sehe ich langsam seine Schwachstelle: Er verlässt sich auf seine Angriffsgeschwindigkeit, vernachlässigt dadurch jedoch etwas seine Defensive. Vielleicht genau hier liegt meine Chance.

Wieder greift er an, diesmal mit voller Kraft, seine Klingen schneiden blitzschnell durch die Luft. Ich spiele erneut auf Zeit, weiche geschickt aus, bleibe in Bewegung, zwinge ihn, mir zu folgen und dabei immer wieder seine Position anzupassen. Ich lasse ihn seine Kraft verschwenden, lasse ihn atmen, lasse ihn an meiner scheinbaren Hilflosigkeit teilhaben. Doch insgeheim warte ich auf den richtigen Moment.

Der Moment kommt schneller, als ich erwartet habe: Er macht einen winzigen Fehler, seine Schwerter überkreuzen sich kurz, und für einen winzigen Moment ist sein Brustkorb ungeschützt. Sofort gehe ich zum Gegenangriff über, schwinge mein Schwert in einer kurzen, präzisen Bewegung nach vorne. Doch er ist wachsam, weicht gerade noch rechtzeitig aus – mein Schwert trifft ihn nur oberflächlich an seiner Seite, ein dünner Blutstrom rinnt über seine Haut.

Ich merke jedoch, dass meine Strategie ihn langsam verunsichert. Sein Gesicht zeigt nun Anspannung, Ärger, vielleicht sogar erste Zweifel. Er wird hektischer, aggressiver, weniger vorsichtig. Genau das wollte ich erreichen.

Plötzlich attackiert er mit wilden, unkontrollierten Schlägen. Seine Eleganz verliert sich zunehmend, seine Bewegungen werden breiter, weniger effizient. Jetzt weiß ich, dass ich eine reelle Chance habe. Ich weiche geschickt aus, gehe diesmal schneller zum Angriff über. Wieder gelingt mir ein Treffer, diesmal tiefer, deutlicher, schmerzhafter.

Er schreit auf, stolpert nach hinten, seine Haltung wird defensiver. Jetzt habe ich die Oberhand, zwinge ihn weiter zurück. Er ist erschöpft, verletzt, verzweifelt.

Dann, in einem letzten, verzweifelten Versuch, wirft er sich nach vorne, beide Schwerter vor sich ausgestreckt. Doch ich sehe seine Bewegung voraus und lasse mich zur Seite fallen, rolle mich ab, spüre den Sand rau an meiner Haut, bevor ich blitzschnell aufspringe und mein Schwert direkt gegen seinen Oberkörper stoße.

Mein Gegner erstarrt. Seine Augen sind voller Überraschung, Schmerz und plötzlich Verständnis, dass er verloren hat. Er blickt mich ruhig an, Blut rinnt langsam aus seinem Mundwinkel. „Ein guter Kampf", flüstert er leise, fast ehrfürchtig. Dann sinkt er zu Boden und regt sich nicht mehr.

Wieder jubelt die Menge laut, tobt ekstatisch vor Begeisterung. Doch für mich ist dieser Sieg bittersüß. Ich atme schwer, spüre die Erschöpfung in jeder Faser meines Körpers, aber auch Traurigkeit über ein weiteres Leben, das ich nehmen musste.

Ich drehe mich um, gehe langsam zurück zum Tor, das Schwert schwer in der Hand. Ich weiß, dass ich erneut triumphiert habe.

Der sechste Kampf -- Der Champion der Legionen

Die Arena ist heute anders. Die Luft ist schwül, geladen von einem drohenden Gewitter, das sich am Horizont zusammenbraut. Dunkle Wolken türmen sich über dem Kolosseum auf, als wollten die Götter selbst Zeuge dieses Kampfes sein. Die Menge ist stiller als je zuvor, angespannt, fast ehrfürchtig. Sie spüren, dass dies kein gewöhnlicher Kampf ist. Heute steht mir der Champion der Legionen gegenüber -- Lucius Aelius, genannt „Der Ungebrochene". Ein Mann, der mehr Siege errungen hat, als die meisten Gladiatoren Winter erlebt haben. Sein Name ist ein Flüstern der Ehrfurcht, eine Legende, die selbst den kältesten Senatoren Respekt einflößt.

Ich betrete die Arena nicht durch das übliche Tor. Stattdessen werde ich durch einen unterirdischen Gang geführt, der mit den Geistern gefallener Kämpfer gespickt zu sein scheint. Die Wände sind feucht, der Geruch von

Moder und vergossenem Blut hängt in der Luft. Als ich die letzte Stufe hinaufsteige, öffnet sich ein Gitter, und das grelle Tageslicht blendet mich. Die Menge bricht in ein dumpfes Gemurmel aus, als ich auftauche -- doch ihr Jubel gilt nicht mir.

Auf der gegenüberliegenden Seite betritt Lucius die Arena. Langsam, fast majestätisch. Er trägt keine prunkvolle Rüstung, nur einen schlichten, aber makellos polierten Brustpanzer aus Stahl, der von unzähligen Schlachten gezeichnet ist. Seine Arme sind nackt, übersät mit Narben, die wie Landkarten vergangener Triumphe wirken. In seiner Rechten hält er kein Schwert, keine Axt, keinen Speer -- sondern eine *Pilum*, die schwere Wurflanze der römischen Legionäre. An seinem Gürtel baumelt ein kurzes *Pugio*-Dolchmesser, und auf seinem Rücken trägt er einen runden Schild, verziert mit dem Symbol einer Schlange, die sich um einen Adler windet. Doch sein gefährlichstes Werkzeug sind seine Augen: kalt, berechnend, unergründlich wie die Tiefe des Ozeans.

Die Trompete ertönt, doch Lucius bewegt sich nicht. Er steht da wie eine Statue, sein Blick durchbohrt mich, als könne er jede Faser meiner Angst lesen. Die Menge atmet kaum.

Plötzlich schleudert er das Pilum mit einer Bewegung, die so schnell ist, dass ich kaum reagieren kann. Die Spitze zischt an meinem Ohr vorbei und rammt sich knapp hinter mir in den Sand. Ein Warnschuss. Die Menge johlt, doch Lucius' Gesicht bleibt starr. Er zieht das Pugio, und nun beginnt der Tanz.

Sein Kampfstil ist eine perfekte Symbiose aus Legionärsdisziplin und Gladiatorengrausamkeit. Jeder Schritt ist kalkuliert, jeder Stoß ein mathematisches Meisterwerk. Er drängt mich zurück, nutzt den Schild nicht nur zur Verteidigung, sondern als Waffe, rammt mir die Kante brutal gegen die Rippen. Ich spucke Blut, stolpere, doch er gewährt mir keine Atempause. Sein Dolch zuckt wie eine Viper, immer knapp an meinen Adern vorbei.

Die Menge ist elektrisiert, schreit seinen Namen in einem Chor aus blinder Verehrung. Doch inmitten des Chaos erkenne ich sein Muster: Lucius kämpft nicht, um zu töten -- er kämpft, um zu demütigen. Jeder Treffer ist eine Lektion, jeder Schnitt eine Erinnerung an meine Unzulänglichkeit.

Doch gerade diese Arroganz wird sein Verhängnis. Als er erneut zusticht, täusche ich einen Sturz vor und rolle mich blitzschnell hinter ihn. Mein Schwert trifft sein Bein, durchtrennt die Sehne. Er knickt ein, zum ersten Mal zeigt sein Gesicht einen Hauch von Schmerz. Die Menge erstarrt.

Jetzt bin ich es, der angreift. Doch Lucius wehrt sich wie ein verwundeter Löwe. Er wirft den Schild weg, packt mein Schwert mit bloßer Hand, Blut strömt über seine Finger, doch er lässt nicht los. Sein Dolch saust auf mich zu, ich weiche zurück, doch die Klinge reißt mir eine tiefe Wunde in die Schulter.

Wir ringen im Sand, zwei Tiere, die ums Überleben kämpfen. Sein Atem ist heiß, sein Blick wild, doch in seinen Augen blitzt etwas Unerwartetes: Respekt. Mit letzter Kraft ramme ich mein Knie in seine Brust, reiße das Schwert aus seinem Griff und halte es an seine Kehle.

Die Arena ist totenstill. Lucius' Lippen bewegen sich, ein kaum hörbares Flüstern: *„Töte mich. Mach es würdevoll."*

Doch ich zögere. In diesem Mann sehe ich nicht den Feind, sondern ein Spiegelbild -- einen Gefangenen der Arena, der einst wie ich nach Ruhm strebte und nun in seiner eigenen Legende gefangen ist. Langsam senke ich das Schwert.

Die Menge bricht in empörte Rufe aus, wirft Steine und Flüche. Doch Lucius' Augen weiten sich. Er nickt kaum merklich, dann ergreift er sein Pugio und rammt es sich selbst in die Brust. Ein letzter Akt der Selbstbestimmung.

Als sein Körper leblos im Sand liegt, spüre ich keine Erleichterung, nur Leere. Der Champion ist gefallen, doch sein Tod fühlt sich nicht wie ein Sieg an, sondern wie die Erkenntnis, dass die Arena niemals besiegt werden kann -- sie verwandelt alle in Monster, bis nur noch Schatten übrig bleiben.

Ich verlasse die Arena unter dem Heulen der Menge. Mein Name wird heute in Rom gefeiert werden, doch in meiner Brust trage ich eine neue, schwere Last:
Die Freiheit, nach der ich mich sehne, ist vielleicht nichts als eine weitere Illusion, gefangen im ewigen Kreislauf aus Blut und Sand.

Der siebte Kampf -- Zwischen Hammer und Amboss

Die Sonne brennt erbarmungslos auf den Sand nieder, als ich die Arena betrete. Doch diesmal ist der Lärm der Menge anders – ein nervöses Summen, durchsetzt mit gieriger Erregung. Heute erwartet man kein Duell, sondern ein Schauspiel der puren Überlebenskunst. Denn zum ersten Mal stehe ich nicht einem, sondern zwei Gegnern gegenüber. Ihre Silhouetten zeichnen sich bereits am gegenüberliegenden Ende ab, und selbst aus dieser Distanz spüre ich die tödliche Synergie, die zwischen ihnen herrscht.

Die Tore öffnen sich mit einem markerschütternden Knarren, und die beiden Gladiatoren schreiten heraus. Der Erste ist ein Koloss von einem Mann, fast zwei Köpfe größer als ich, mit Schultern so breit wie ein Ochsenkarren. Sein Körper ist gepanzert mit einer grob geschmiedeten Eisenrüstung, die ihn wie eine wandelnde Festung wirken lässt. In seinen Händen hält er einen gewaltigen Streithammer, dessen Kopf allein so schwer aussieht, dass ein normaler Mann ihn kaum heben könnte. Sein Gesicht ist unter einem Helm mit Stierhörnern verborgen, aus dem nur zwei funkelnde, rote Augen sichtbar sind. Er stampft vorwärts, jeder Schritt lässt den Sand erzittern.

Sein Partner ist das genaue Gegenteil: schlank, agil, fast gespenstisch in seiner Beweglichkeit. Er trägt keine Rüstung, nur einen schwarzen, eng anliegenden Lederanzug, der seine geschmeidigen Muskeln betont. In jeder Hand hält er eine Sichelklinge, deren gebogene Schneiden im Licht blutig schimmern. Sein Gesicht ist bartlos, jung, doch seine Augen sind kalt und emotionslos – die eines Jägers, der sein Opfer schon aufgespürt hat.

Die Menge brüllt ihre Namen: „Brutus und Scorpio! Der Hammer und die Sichel!" Ein tödliches Duo, wie ich höre. Brutus, der mit roher Gewalt jeden Widerstand zermalmt, und Scorpio, der mit hinterhältiger Präzision zusticht. Sie haben bereits Dutzende Kämpfer gemeinsam in den Tod geschickt, immer im perfekten Zusammenspiel.

Die Trompete ertönt, und sofort setzen sie sich in Bewegung. Brutus stürmt mit donnerndem Gebrüll vorwärts, während Scorpio lautlos zur Seite gleitet, bereit, mich von hinten zu umkreisen. Ich weiche rückwärts, mein Herz hämmert wie wild, als ich versuche, beide im Blick zu behalten. Doch es ist unmöglich. Brutus' Hammer saust heran, ein Schwung, der die Luft zerreißt. Ich springe zur Seite, doch Scorpio nutzt den Moment, um mit einer Sichel nach meinem Bein zu schnappen. Die Klinge streift meine Wade, ein brennender Schmerz schießt hoch, Blut tropft auf den Sand.

Die Menge johlt, als ich humpelnd zurückweiche. Brutus lacht dröhnend, hebt den Hammer erneut, während Scorpio wie ein Schatten um mich herumtanzt. Sie treiben mich in die Mitte, ein perfektes Einschließungsmanöver. Ich spüre den Schweiß auf meiner Stirn, den Sand, der an meinen Wunden klebt, und die panische Gewissheit, dass ein einziger Fehler mein Ende bedeutet.

Brutus attackiert erneut, diesmal einen diagonalen Schlag, der den Sand aufwirbelt, als der Hammer ihn verfehlt. Ich nutze die Gelegenheit, um auf den Riesen zuzuspringen, mein Schwert zielt auf die Lücke zwischen Helm und Brustpanzer. Doch Scorpio ist schneller. Mit einem katzenhaften Satz wirft er sich zwischen uns, die Sicheln kreuzen sich vor meiner Klinge und stoßen sie ab. Im selben Moment spüre ich Brutus' Faust, die mir wie ein Schmiedehammer gegen die Rippen donnert. Die Luft entweicht meiner Lunge, ich fliege rückwärts, pralle im Sand auf, die Welt verschwimmt.

Über mir kreisen Geier – nein, es sind die Zuschauer, die sich von ihren Sitzen lehnen, gierig nach meinem Blut schreien. Irgendwo höre ich Scorpios leises Lachen, ein höhnisches Flüstern: „Zu leicht."

Doch in der Dunkelheit meines Schmerzes regt sich etwas. Nicht Verzweiflung, sondern ein eisiger Zorn. Ich rolle mich zur Seite, gerade als Brutus' Hammer dort einschlägt, wo mein Kopf lag. Der Sand explodiert, doch ich bin bereits auf den Beinen, mein Schwert wirbelt herum und trifft Scorpios Unterarm, der blitzschnell zurückzuckt. Ein dünner Blutstrahl spritzt, doch der Sichelkämpfer zeigt keine Reaktion – nur ein leichtes Zucken seiner Lippen.

Jetzt beginnt das wahre Spiel. Brutus und Scorpio wechseln ihre Taktik. Der Riese drängt mich mit breiten, unablässigen Hammerschwüngen nach links, während Scorpio wie ein Skorpion immer wieder von rechts zusticht. Ich weiche, blockiere, stolpere, doch sie geben keine Ruhe. Jede Bewegung kostet Kraft, jede Sekunde bringt mich näher an den Abgrund.

Doch langsam erkenne ich ihr Muster: Brutus' Angriffe sind vorhersehbar – jeder Schlag wird von einem tiefen Grunzen begleitet, sein linker Fuß stampft immer kurz vor dem Schwung. Scorpio hingegen attackiert stets nach drei Schritten, sein rechtes Bein zuckt minimal vor jedem Ausfall. Es sind winzige Schwächen, doch in der Arena entscheiden Sekundenbruchteile über Leben und Tod.

Ich täusche einen Sturz vor, als Brutus erneut ausholt. Der Hammer saust über mich hinweg, und in der Sekunde, in der sein Oberkörper ungeschützt ist, stoße ich mein Schwert nach oben. Die Klinge kratzt an seiner Eisenrüstung, funkt Funken, doch sie dringt nicht ein. Brutus brüllt wütend, doch Scorpio nutzt meine verletzliche Position sofort. Seine Sicheln zischen auf mich zu, eine streift meine Schulter, die andere mein Ohr. Blut rauscht in meinem Kopf, doch ich rolle mich weg, spucke Sand aus, stehe wieder auf.

Die Menge ist außer sich, doch ich höre nur mein eigenes Keuchen. Mein Körper ist eine einzige Wunde, doch in meinem Herzen glüht ein Funke Trotz. *Sie unterschätzen mich noch immer.*

Brutus greift erneut an, doch diesmal springe ich nicht zurück – sondern direkt auf ihn zu. Sein Hammer trifft nur Luft, und im selben Moment ramme ich mein Schwert in die ungeschützte Stelle seiner Achselhöhle. Metall durchdringt Fleisch, er schreit auf, ein dumpfes, tierisches Geräusch. Doch

bevor ich die Klinge ziehen kann, spüre ich Scorpios Kaltes Atem im
Nacken.

„Dummkopf", zischt er, doch ich werfe mich nach vorn, ziehe das Schwert
aus Brutus' Fleisch und wirble herum. Scorpios Sicheln verfangen sich kurz
in meinem zerfetzten Umhang, und diese Sekunde reicht. Mit einem
brutalen Stoß durchbohre ich seine Hand, die eine Sichel kracht zu Boden.
Er stößt einen gellenden Schrei aus, doch sein anderer Arm schnellt vor –
die zweite Sichel ritzt meine Hüfte. Wir stürzen zusammen in den Sand, ein
Knäuel aus Schmerz und Wut.

Brutus, jetzt halb verblutet, taumelt auf uns zu, sein Hammer hoch
erhoben. Scorpio und ich sehen es gleichzeitig – der Koloss wird uns beide
zermalmen, um mich zu treffen. In einem letzten Akt der Verzweiflung
stemme ich mich hoch und ziehe Scorpio als Schutzschild vor mich. Der
Hammer trifft mit einem entsetzlichen Knochenknacken Scorpios Rücken.
Der Sichelkämpfer verkrampft sich, sein Mund öffnet sich zu einem
stummen Schrei, dann bricht er zusammen.

Brutus starrt auf den Körper seines Partners, sein Atem röchelt, sein
Gesicht unter dem Helm ist aschfahl. „Nein...", brummt er, doch ich bin
bereits in Bewegung. Sein Hammer ist zu schwer, um ihn schnell genug zu
heben. Mein Schwert findet seine Kehle, schneidet durch Stahl und Fleisch.
Sein Blut ergießt sich wie ein warmer Strom über meine Hände, und er sinkt
wie ein gefällter Baum zu Boden.

Die Arena tobt, ein infernalischer Lärm aus Begeisterung und Entsetzen.
Doch ich stehe zwischen den Leichen meiner Feinde, zitternd,
blutüberströmt, leer. Scorpios Augen starren glasig zum Himmel, seine
Sichel liegt neben ihm, als wäre sie ein zerbrochenes Spielzeug. Brutus'
Hammer, halb im Sand versunken, wirft einen langen Schatten über das
Schlachtfeld.

Die Priester betreten die Arena, um die Toten zu bergen, doch ich weiche ihnen aus. Mein Blick fällt auf meine Hände, die noch immer das Schwert umklammern – sie sind rot, klebrig, fremd. Heute habe ich nicht nur zwei Männer getötet, sondern auch ein Stück meiner Menschlichkeit geopfert. Die Menge feiert mich als „Bezwinger der Unbesiegbaren", doch in meiner Brust wächst eine neue, schreckliche Wahrheit:

Jeder Sieg macht mich stärker – und gleichzeitig mehr zu dem Monster, das die Arena aus mir formen will.

Ich verlasse den Sand, während die ersten Regentropfen des nahenden Gewitters auf meine Wunden fallen. Sie waschen das Blut weg, doch die Schuld bleibt.

Der achte Kampf -- Im Auge des Sturms

Die Arena ist ein brodelnder Kessel aus Hitze und Hass. Die Sonne steht senkrecht am Himmel, als würde sie selbst Zeuge der Unmöglichkeit werden wollen, die gleich geschehen soll. Vier Tore öffnen sich synchron, ein metallisches Kreischen, das durch Mark und Bein geht. Aus jedem tritt ein Gladiator, jeder ein Unikat der Zerstörung, jeder ein Meister seines tödlichen Handwerks. Die Menge brüllt, doch ihre Stimmen verschwimmen zu einem dumpfen Dröhnen in meinem Schädel. Vier gegen einen. Ein Urteil, kein Kampf. Doch die Arena lügt nie – sie fordert, und ich gehorche.

Die Gegner:

1. **Cassius, der Netzwerfer:** Schlank wie eine Schlange, bewaffnet mit einem gewobenen Bronzenetz und einem Dreizack. Seine Augen gleiten über mich hinweg, als berechne er schon die Flugbahn seines Wurfs.

2. **Decimus, der Legionär:** Ein Veteran mit einem Kurzschwert und einem rechteckigen *Scutum*-Schild. Sein Gesicht ist eine Maske aus Narben und kalter Disziplin. Er marschiert, nicht läuft – jeder Schritt ein Taktschlag des Todes.

3. **Lupa, die Peitscherin:** Eine Frau mit feuerrotem Haar, ihre Peitsche knallt schon im Vorbeigehen. An ihrem Gürtel glänzen drei Wurfmesser. Sie lächelt, als sähe sie mich bereits zuckend im Sand liegen.

4. **Gaius, der Berserker:** Zwei handgeschmiedete Äxte in seinen Pranken, sein nackter Oberkörper ist mit Runen bemalt, die ihn unverwundbar machen sollen. Er brüllt, ein Sound, der die Luft vibrieren lässt.

Die Trompete ertönt.

Sie kommen nicht nacheinander. Sie kommen *alle*.

Cassius wirft das Netz mit der Präzision eines Jägers. Ich springe zur Seite, doch Decimus' Schild rammt mir brutal in die Rippen. Die Luft entweicht meiner Lunge, ich taumle, spüre schon die Peitsche, die meinen Rücken zerreißt. Blut spritzt, die Menge kreischt. Gaius' Äxte krachen in den Sand, wo ich gerade stand. Ich rolle mich weg, greife nach einem verlorenen Dolch im Sand – Lupa hat ihn geworfen, verfehlt. Ein Geschenk des Schicksals.

Decimus drängt mich mit dem Schild voran, ein römischer Schildwall in Miniatur. Hinter ihm zischt Cassius' Dreizack. Ich ducke mich, ramme den Dolch in Decimus' Fuß. Er stöhnt, doch sein Schild schmettert mir ins Gesicht. Sterne explodieren. Gaius' Axt saust herab – ich weiche nach links, doch Lupas Peitsche umschlingt meinen Knöchel. Sie zieht. Ich stürze, der Sand füllt meinen Mund.

Zu schnell. Zu viele.

Cassius' Netz schlägt wieder zu. Diesmal umschlingt es meinen Arm. Er zieht, ich werde zu ihm gerissen, direkt auf seinen Dreizack zu. Doch im letzten Moment reiße ich mich los, das Netz zerreißt meine Haut. Blut tropft, doch der Schmerz ist fern. Decimus' Schwert streift meine Hüfte, Lupa lacht, als sie ein Messer nach meiner Kehle zielt. Ich werfe mich hinter eine halb zerbrochene Säule – ein Relikt aus einem früheren Kampf. Atem holen. Sekunden zählen.

Taktik. Sie sind stark, doch sie sind vier Individuen. Sie kennen einander nicht. Ich muss sie gegeneinander ausspielen.

Gaius stürmt als Erster um die Säule, Äxte wirbelnd. Ich springe hoch, trete gegen die Säule, katapultiere mich über ihn hinweg. Sein rechter Axtkopf vergräbt sich im Holz. Lupa, die mir folgt, wird von seiner Linken fast getroffen. „Idiot!", schreit sie, doch Gaius brüllt zurück. Ein Riss im Bündnis.

Cassius nutzt die Verwirrung. Sein Dreizack zielt auf meinen Bauch. Ich greife nach einem losen Stein im Sand, schleudere ihn gegen seinen Kopf. Er weicht aus, doch Decimus, der hinter ihm steht, trifft es an der Schläfe. Der Legionär taumelt. Lupas Peitsche zischt – ich greife das Ende, ziehe sie brutal zu mir. Sie stolpert, ihr nächstes Messer verfehlt mich um Haaresbreite. Gaius reißt seine Axt aus der Säule, doch im Schwung trifft er Cassius' Netz, das noch am Boden liegt. Die Männer fluchen, ein Chaos aus Schuldzuweisungen.

Jetzt.

Ich renne auf Decimus zu, noch benommen vom Steinwurf. Sein Schild ist gesenkt – ich springe, trete mit beiden Füßen dagegen. Er fällt rückwärts, sein Schwert entschlüpft seiner Hand. Ich schnappe es, drehe mich – Lupa ist schon da, Messer blitzend. Das Schwert trifft ihre Peitschenhand. Sie schreit, die Finger öffnen sich, doch ihr anderes Messer ritzt meine Schulter. Gaius' Axt kracht neben mir in den Sand. Ich rolle, greife Lupas fallen gelassenes Messer, werfe es blind. Ein Glückstreffer – es trifft Cassius' Oberschenkel. Er bricht zusammen, sein Dreizack sinkt.

Doch Gaius ist unaufhaltsam. Seine Äxte wirbeln wie Tornados. Ich weiche, blockiere mit Decimus' Schwert, doch die Wucht lässt meine Arme erbeben. Lupa, jetzt einarmig, kriecht zu ihrem letzten Messer. Decimus rappelt sich auf, blutüberströmt, aber wütend. Cassius versucht, sein Netz neu zu ordnen.

Endspiel.

Ich springe auf Gaius zu, täusche einen Stich an, dann werfe ich Sand in seine Augen. Er brüllt, blind, schwingt wild. Eine Axt trifft – nicht mich, sondern Decimus, der gerade angreifen wollte. Der Legionär bricht mit einem erstickten Keuchen zusammen. Gaius reibt sich die Augen, doch ich bin schon hinter ihm. Das Schwert gleitet zwischen seine Rippen. Er sackt in den Sand, die Runen nutzlos gegen Stahl.

Lupa schleudert ihr letztes Messer. Ich drehe mich, doch es trifft Cassius, der gerade aufstehen wollte. Sein Dreizack fällt klirrend. Er starrt Lupa an, verblüfft, dann lacht er bitter. „Typisch... Römerin", keucht er, bevor er stirbt.

Nur Lupa bleibt. Ein Arm blutverschmiert, ihr Feuerhaar verklebt mit Schweiß und Staub. Sie hebt die Peitsche mit der linken Hand. „Du hast meine Brüder getötet", zischt sie. Ich schweige. Sie stürmt vor, die Peitsche knallt – doch sie ist verwundet, langsam. Ich greife das Ende, ziehe. Sie stolgt, mein Schwert trifft ihre Kehle.

Ein letzter Atemzug. Ihr Blick ist nicht wütend, sondern erleichtert. Dann ist auch sie still.

Die Arena tobt, doch ich höre nichts. Vier Leichen umgeben mich. Gaius' Äxte, Decimus' Schild, Cassius' Netz, Lupas Peitsche – Requisiten eines grausamen Theaters. Mein Körper ist ein einziges pulsierendes Feuer, Wunden über Wunden. Doch das Schlimmste ist die Leere.

Die Priester nähern sich, um die Toten zu bergen. Ein Kind in der ersten Reihe weint. Ich blicke auf meine Hände – sie zittern nicht mehr. Sie sind ruhig. Tödlich ruhig.

Heute habe ich gelernt: Gegen einen kämpft man. Gegen vier kämpft man nicht – man überlebt. Und mit jedem Überleben stirbt etwas in mir.

Ich wanke zum Tor, die Menge teilt sich wie ein gespaltenes Meer. Irgendwo ruft eine Stimme: „Monstrum!"

Vielleicht hat sie recht.

Der neunte Kampf -- Der Spiegel des Schattens

Die Arena liegt unter einem bleiernen Himmel, als wolle selbst die Sonne diesem Kampf fernbleiben. Der Sand ist kalt, die Luft stickig, geladen mit dem Geruch von Eisen und Asche. Die Menge schweigt, doch ihre Blicke brennen auf mir wie glühende Kohlen. Denn mein Gegner ist kein Fremder – er ist ich selbst.

Sein Gesicht trägt meine Narben, sein Schwert ist der Zwilling meiner Klinge, selbst die Art, wie er den Kopf neigt, ist mir vertraut. Doch seine Augen sind leer, erfüllt von der gleichen Kälte, die ich in den Pupillen gefallener Feinde sah. Die Arena flüstert durch den Wind: *„Dies ist dein letzter Feind – der, den du nie besiegen konntest."*

Die Trompete ertönt, doch kein Jubel folgt. Nur das Knirschen des Sands unter unseren Sohlen, als wir uns umkreisen.

Er greift zuerst an – nicht wie ein Gegner, sondern wie ein Echo. Jeder Stich, jeder Tritt, jede Finte ist ein Abbild meiner eigenen Kampfweise. Er kennt meine Schwächen: das Zögern, als ich Lucius verschonte; die Wut, die mich Gaius' Kehle durchtrennen ließ; die Verzweiflung, mit der ich Scorpio opferte. Sein Schwert trifft meine Schulter, genau dort, wo Titus Flavius mich einst verwundete. Blut rinnt, doch ich beiße die Zähne zusammen.

„Du kannst mich nicht besiegen", zischt er, während unsere Klingen sich verhaken. „Ich bin dein Schatten. Deine Schuld. Deine Angst."

Doch diesmal flüstere ich zurück: „Und ich bin dein Licht."

Ich weiche nicht. Ich kämpfe nicht gegen ihn – ich kämpfe *für mich*. Mit jedem Schlag erinnere ich mich: an den Jungen, der Marcus Valerius besiegte; an den Überlebenden, der Titus' Respekt erwarb; an den Krieger, der Lucius' Würde bewahrte. Mein Schwert wird zur Verlängerung meines Willens, schneller, präziser, *entschlossener*.

Er stolpert, als ich einen Tritt gegen sein Knie setze – dieselbe Bewegung, mit der ich einst den Axtkämpfer täuschte. Sein Blick verrät einen Hauch von Überraschung. *Er kennt meine Vergangenheit, doch nicht meine Zukunft.*

Die Menge beginnt zu murmeln, als ich ihn in die Enge treibe. Sein Atem geht keuchend, seine Paraden werden schwächer. Er ist mein Spiegel, doch ich bin mehr als das, was er reflektiert.

„Du bist das, was ich war", sage ich, als ich seinen Schwertarm mit meiner Klinge blockiere. „Doch ich bin das, was ich *werde*."

Mit einem brutalen Stoß ramme ich mein Schwert in seine Seite – nicht aus Hass, sondern aus Befreiung. Er starrt mich an, Blut rinnt über seine Lippen, doch in seinen Augen blitzt etwas Unerwartetes: Erleichterung.

„Endlich...", flüstert er, bevor er in den Sand sinkt. Sein Körper zerfällt zu Staub, der vom Wind davongetragen wird. Nur sein Schwert bleibt zurück, rostig und zerbrochen.

Die Arena explodiert in Jubel, doch ich höre ihn nicht. Ich spüre die Wunde an meiner Seite, den Schmerz in meinen Muskeln, doch tiefer in mir glüht etwas Neues: Frieden. Die Last der Schuld, die mich so lange erdrückte, ist leichter geworden.

Die Priester nähern sich, doch ich hebe eine Hand. Langsam hebe ich das zerbrochene Schwert meines Spiegelbildes auf – es wiegt nichts. Ein Relikt einer alten Schlacht.

„Heute habe ich nicht ihn getötet", rufe ich in die plötzliche Stille. „Ich habe mich befreit."

Die Menge schweigt, selbst die hartgesottensten Zuschauer starren mit offenen Mündern. Doch dann beginnt ein einzelner Klatsch, gefolgt von einem zweiten, einem dritten – nicht der hysterische Jubel vergangener Kämpfe, sondern ein langsamer, respektvoller Applaus.

Als ich das Tor verlasse, trifft mich das Sonnenlicht wie eine Umarmung. Die Wächter verbeugen sich, nicht aus Angst, sondern aus Anerkennung.

Heute habe ich gesiegt – nicht über einen Feind, sondern über den Schatten, der mich jagte. Die Arena mag weiter Blut fordern, doch ich weiß nun:

Der größte Kampf war nie der gegen andere. Er war der gegen mich selbst.

Und heute... habe ich ihn gewonnen.

Der zehnte Kampf – Der Fluch der verlorenen Brüder

Als ich erneut den staubigen Sand der Arena betrete, spüre ich sofort, dass die Stimmung diesmal anders ist. Die Zuschauer sind ungewöhnlich still, beinahe bedrückt, ein düsteres Raunen geht durch die Menge, als ich meinen Blick langsam über die Tribünen schweifen lasse. Der Himmel über Rom ist wolkenverhangen, als wollte selbst das Wetter Anteil an meiner unheilvollen Vorahnung nehmen.

Heute gibt es keine Ankündigung, keine pompöse Vorstellung meines Gegners, stattdessen öffnet sich lautlos das gegenüberliegende Tor, und ein Gladiator tritt hervor. Zunächst erkenne ich ihn kaum, doch als er näherkommt, zieht sich mein Magen zusammen, und ein kalter Schauer läuft mir über den Rücken. Der Mann, der mir gegenübersteht, trägt eine Maske aus poliertem Stahl – sie verbirgt sein Gesicht vollkommen, bis auf zwei kalte, funkelnde Augen.

Doch diese Augen sind mir vertraut. Sehr vertraut.

Plötzlich begreife ich mit schmerzhafter Klarheit: Es ist Marcus, mein älterer Bruder, den ich seit Jahren für tot hielt. Einst kämpften wir Seite an Seite, bis uns das grausame Schicksal trennte. Ich dachte, ich hätte ihn verloren, doch jetzt steht er hier, wiedergeboren als Gladiator, sein Körper gezeichnet von Narben und Kämpfen, genauso wie meiner.

„Marcus", flüstere ich, meine Stimme kaum hörbar.

„Cassian", erwidert er knapp, emotionslos. Doch in seinen Augen erkenne ich Schmerz, Wut – und Hass.

Die Trompete erklingt scharf, und Marcus geht sofort in Kampfstellung. Zögernd erhebe ich mein Schwert. Jeder meiner Muskeln protestiert gegen diese absurde Grausamkeit. Doch die Arena kennt kein Erbarmen, auch nicht für Brüder.

Marcus greift sofort an, schneller und brutaler, als ich es je von ihm erwartet hätte. Unsere Schwerter kreuzen sich klirrend, Metall auf Metall. Mit jedem Schlag spüre ich nicht nur seine Kraft, sondern auch seinen Zorn. Zwischen zwei Attacken keucht er voller Bitterkeit:

„Du hast mich im Stich gelassen, Bruder!"

Seine Worte treffen mich härter als jede Waffe. Ich taumle zurück, blockiere instinktiv seine nächste Attacke, doch seine Geschwindigkeit ist überwältigend. Ein Schnitt trifft meinen Oberschenkel, Blut tropft auf den Sand, doch der Schmerz ist nichts im Vergleich zu meiner inneren Zerrissenheit.

„Ich habe dich gesucht!", schreie ich verzweifelt zurück, während ich einen weiteren Angriff abwehre. „Ich dachte, du wärst tot!"

„Ich bin tot!", brüllt er zornig und schlägt erneut zu, diesmal so kraftvoll, dass ich rückwärts stolpere und im Sand lande. Er steht sofort über mir, sein Schwert auf meine Brust gerichtet, die Klinge zittert leicht.

„Du hast keine Ahnung, was ich durchgemacht habe", zischt er durch seine Maske. Doch anstatt zuzustoßen, senkt er das Schwert plötzlich wieder. Ein kurzer Moment der Schwäche, ein Funke von Menschlichkeit hinter der Maske aus Stahl.

Ich ergreife meine Chance und springe auf. Mein Herz rast, der Sand klebt an meiner Haut und meinen Wunden. Er kämpft nicht gegen mich – er kämpft gegen den Schmerz, der ihn verzehrt. In diesem Augenblick verstehe ich: Es geht nicht darum, Marcus zu besiegen, sondern darum, ihn zu befreien – ihn von seinem Hass und seinem Leid zu erlösen.

Ich lasse mein Schwert sinken und stehe völlig ungeschützt vor ihm.

„Wenn du Rache willst, Bruder, dann nimm sie jetzt", sage ich mit fester Stimme. „Aber dein Feind bin ich nicht."

Die Menge murmelt verwirrt, viele fordern meinen Tod, andere schweigen gespannt. Marcus zögert, sein Atem rasselnd unter der Maske, dann hebt er langsam die Hand und reißt die Maske von seinem Gesicht. Dahinter erkenne ich mein eigenes Spiegelbild – älter, gequälter, doch voller Tränen.

„Cassian", sagt er leise, seine Stimme bricht, „ich kann nicht zurück."

„Doch, das kannst du", erwidere ich ruhig. „Es gibt immer einen Weg zurück."

Langsam lässt Marcus sein Schwert fallen. Ein dumpfer Laut, der durch die Arena hallt wie ein letzter Herzschlag. Doch plötzlich schwirrt etwas durch die Luft, ein Speer, der von einer Tribüne geworfen wurde, trifft Marcus in den Rücken. Er sackt zusammen, ich fange ihn auf und sinke mit ihm zu Boden. Die Arena brüllt auf, doch ich höre nichts davon.

Marcus starrt mich mit brechenden Augen an. „Ich wollte nicht kämpfen", haucht er kaum hörbar. „Aber ich hatte keine Wahl."

„Ich weiß", sage ich, während heiße Tränen über mein Gesicht laufen. „Ich vergebe dir."

Sein letzter Atemzug ist ein sanfter Hauch. Die Arena tobt, doch mein Herz ist still. Heute habe ich nicht gewonnen, sondern meinen Bruder verloren. Doch zugleich habe ich etwas Größeres verstanden:

Die Arena nimmt nicht nur Leben – sie raubt uns auch unsere Menschlichkeit. Doch Marcus' Tod wird nicht vergebens sein. Ich werde leben, um die Wahrheit zu erzählen, um eines Tages diese grausame Maschinerie zu brechen.

Langsam erhebe ich mich, Marcus in meinen Armen, und verlasse die Arena schweigend, während hinter mir die Menge erstmals wirklich verstummt.

Denn heute hat sie nicht nur einen Kampf, sondern die Wahrheit gesehen.

Der elfte Kampf – Blutige Befreiung

In der Zelle unter dem Kolosseum sitzend, halte ich die Maske meines toten Bruders Marcus in den Händen. Das kalte Metall fühlt sich schwer an, als hätte es all die Jahre seines Leides gespeichert. Jeder Atemzug schmeckt nach Staub und Verzweiflung, und ich spüre in mir, wie aus Trauer langsam Wut wird – ein Feuer, das alles andere verdrängt.

„Marcus", flüstere ich in die Dunkelheit, „dein Tod wird nicht ungesühnt bleiben."

Ein leises Geräusch reißt mich plötzlich aus meinen Gedanken. Vor meiner Zellentür steht Decimus, einer der Wächter. Doch heute wirkt sein Blick anders, sein Gesichtsausdruck weniger kalt.

„Cassian", sagt er gedämpft, „die Senatoren planen deinen Tod. Morgen früh schicken sie dich gegen fünf Krieger zugleich in die Arena – ohne jede Chance auf Überleben."

Ich schaue auf, überrascht von der Offenheit des Wächters. „Warum erzählst du mir das, Decimus?"

„Weil Marcus mein Freund war. Und weil nicht alle Römer Monster sind", erwidert er ernst. „Wenn du fliehen willst, musst du es jetzt tun."

Er öffnet die Zellentür und wirft mir einen schwarzen Umhang zu, der mein Gesicht verbergen soll. Neben der Tür liegen ein Schwert und ein Dolch bereit. Mein Herz schlägt schneller – das Schicksal hat mir eine unerwartete Tür geöffnet.

Ich zögere keinen Moment. Mit ruhiger Hand lege ich Marcus' Maske an – ein Symbol meines Versprechens, meiner Rache. „Für dich, Bruder", murmle ich und trete hinaus in die kalten Korridore des Kolosseums.

Der Ausbruch

Decimus führt mich lautlos durch die verschlungenen Gänge. Der Geruch nach Schweiß, Blut und Angst begleitet uns auf Schritt und Tritt. Endlich erreichen wir die kleine Seitentür, die in die Straßen Roms führt. Doch bevor Decimus sie öffnen kann, ertönt plötzlich ein Warnruf.

„Verräter! Er flieht!"

Hinter uns erscheinen mehrere Wachen, Schwerter gezückt. Decimus zieht sein Schwert. „Lauf! Ich halte sie auf!"

Doch ich lasse ihn nicht allein kämpfen. Gemeinsam stellen wir uns den heranstürmenden Wachen. Mein Schwert tanzt, mein Herz schlägt schnell, aber kontrolliert – ich kämpfe nicht mehr für Ruhm oder Unterhaltung, sondern für mein Leben und für die Gerechtigkeit, die Marcus verwehrt blieb.

Die Enge des Korridors ist mein Vorteil: Die Wachen können nicht gleichzeitig angreifen, ihre Bewegungen werden unkoordiniert. Decimus kämpft tapfer an meiner Seite, doch ein Schwert trifft ihn an der Schulter. Er fällt zu Boden, verletzt.

„Geh, Cassian! Rächt Marcus!", ruft er mit letzter Kraft.

Ich werfe ihm einen letzten, dankbaren Blick zu und stürme hinaus in die Dunkelheit Roms. Die Straßen sind leer, der Mond scheint blass auf die Häuserfassaden, und während ich renne, erkenne ich, wie schwer mein Atem geht – nicht aus Erschöpfung, sondern aus Zorn.

Der Rachefeldzug

In den folgenden Tagen bleibe ich verborgen, plane sorgfältig meine Rache. Ich erfahre, wer den Befehl gab, Marcus zu töten – Senator Lucius Rufus, einer der einflussreichsten und grausamsten Männer Roms. Sein Tod wird nicht nur persönliche Rache sein, sondern ein Symbol dafür, dass niemand unantastbar ist.

Nachts schleiche ich mich in seine Villa. Die Wachen sind träge, überheblich in ihrem falschen Gefühl der Sicherheit. Ich umgehe sie mühelos, wie ein Schatten, lautlos und unsichtbar.

Im Inneren der Villa treffe ich auf Lucius in seinem Schlafzimmer. Der Senator wacht erschrocken auf, als mein Schwert ihn am Hals berührt. Seine Augen weiten sich panisch, als er die Maske meines Bruders erkennt.

„Cassian! Du bist tot!", stammelt er.

„Nein, Senator. Marcus ist tot, ermordet auf dein Geheiß. Heute fordere ich seinen Tribut."

Er versucht, etwas zu sagen, zu betteln, aber ich gebe ihm keine Chance. Mein Schwert fährt in sein Herz, schnell und gnädig – mehr Gnade, als er Marcus gezeigt hatte. Lucius Rufus fällt lautlos auf sein Bett zurück, das Gesicht erstarrt in einer letzten Grimasse des Entsetzens.

Die Flucht in die Freiheit

Nach diesem entscheidenden Schlag gegen die korrupte Elite Roms verlasse ich die Stadt. Mein Weg führt mich nach Süden, fort von Intrigen und Blutspielen, hin zu einem Leben, in dem ich endlich frei sein kann – frei, den Namen meines Bruders zu ehren.

Während ich Rom hinter mir lasse, denke ich an Marcus. Seine Maske lege ich ab, vergrabe sie an einem geheimen Ort unter einem Olivenbaum, weit genug entfernt, dass niemand sie jemals finden wird.

„Ruhe in Frieden, Bruder", flüstere ich leise. „Du bist gerächt. Deine Seele ist endlich frei."

Die Sonne geht auf, warm und golden, und während ich auf den Horizont blicke, fühle ich zum ersten Mal seit langer Zeit so etwas wie Hoffnung. Mein Kampf ist nicht vorbei, aber er hat nun ein neues Ziel gefunden – nicht länger gefesselt an die Arena, sondern gewidmet der Freiheit, die Marcus und mir einst geraubt wurde.

Denn ich bin nicht länger Gladiator.

Ich bin Cassian, Bruder, Rächer und jetzt ein Mann, der endlich frei ist, seine Zukunft selbst zu bestimmen.

Der zwölfte Kampf – Der Ruf der Freiheit

Es ist nun viele Monate her, seit ich Rom verlassen habe. Die Narben auf meiner Haut sind verblasst, doch jene auf meiner Seele spüre ich noch immer jeden Tag. Die Welt jenseits der Arena ist anders – ruhiger, offener, aber auch unsicherer. Jeden Morgen wache ich auf und taste instinktiv nach dem Schwert neben mir, aus Gewohnheit, die die Arena tief in mich eingepflanzt hat.

Mein Weg führte mich schließlich nach Kampanien, in ein kleines, abgeschiedenes Dorf nahe Neapel, fernab der gierigen Augen Roms. Hier lebe ich verborgen, unter dem Namen Lucian, um meine Vergangenheit hinter mir zu lassen. Niemand weiß, dass ich einst Cassian Viridius war, der berühmte Gladiator, der Rom erzittern ließ.

Doch wahre Freiheit bedeutet mehr als nur körperliche Flucht – sie bedeutet, den Kampf in meinem Inneren zu überwinden. Gerade als ich beginne, Frieden zu finden, klopft das Schicksal erneut an meine Tür.

Begegnung mit der Vergangenheit

An einem warmen Nachmittag betrete ich den Markt des Dorfes, um Vorräte zu besorgen, als plötzlich eine vertraute Stimme meinen Namen ruft:

„Cassian!"

Ich drehe mich erschrocken um und sehe Draco, den alten Thraker, einst Gefährten und Freund aus der Arena. Er sieht älter aus, mit grauem Haar und tiefen Narben, aber sein Blick ist lebendig wie eh und je.

„Draco! Was machst du hier?", frage ich erstaunt.

„Ich suche dich, alter Freund. Rom ist nicht fertig mit uns", sagt er ernst und zieht mich in eine ruhige Ecke. „Der Senat hat beschlossen, Jagd auf alle entlaufenen Gladiatoren zu machen. Wir sind eine Gefahr, eine Erinnerung daran, dass Rom nicht unbesiegbar ist. Sie schicken Soldaten aus, um uns aufzuspüren und zu töten."

Seine Worte treffen mich wie ein Schlag. Die Ruhe, die ich mühsam aufgebaut hatte, zerbricht schlagartig. „Ich will nicht mehr kämpfen, Draco."

„Du hast keine Wahl", erwidert er bitter. „Die Arena hat uns zu Kriegern gemacht. Jetzt müssen wir kämpfen, um frei zu bleiben."

Ich zögere, doch tief in mir weiß ich, dass er recht hat.

Kampf um die Freiheit

Gemeinsam mit Draco beginne ich, die Gladiatoren zu suchen, die wie wir einst entflohen sind. Wir sammeln sie, nicht als Sklaven, sondern als freie

Männer und Frauen, geeint durch ein gemeinsames Ziel: nicht länger Opfer, sondern Krieger für die Freiheit zu sein.

Bald sind wir über dreißig Kämpfer, ehemalige Gladiatoren aus allen Teilen des Reiches. Zusammen bilden wir ein Lager tief in den Wäldern Kampaniens, verborgen vor den Blicken Roms. Hier schmieden wir unsere Pläne und bereiten uns vor – nicht auf Angriff, sondern auf Verteidigung. Wir wollen keinen Krieg gegen Rom, nur unsere Freiheit verteidigen.

Doch das Imperium kennt keine Gnade.

An einem nebligen Morgen erscheinen sie schließlich – hundert Legionäre, schwer bewaffnet, geführt von Centurio Valerius, einem Mann, den ich aus früheren Schlachten kenne. Sein Blick ist eisern, ohne Mitleid.

„Cassian Viridius! Rom verlangt deinen Kopf!", ruft er laut, sein Schwert gezogen.

Ich trete aus dem Lager hervor, Draco und die anderen an meiner Seite. „Wir sind freie Menschen, Valerius. Lass uns in Frieden ziehen, und keiner muss sterben!"

Doch Valerius schüttelt den Kopf. „Rom verzeiht nicht."

Der Kampf beginnt erbittert und hart. Die Legionäre sind gut trainiert, doch wir kämpfen nicht für Ruhm, nicht für Gold, sondern für das, was wertvoller ist als alles andere: die Freiheit, die uns einst geraubt wurde.

Inmitten des Gefechts finde ich Valerius, sein Schwert gegen meines. Er kämpft entschlossen, doch ich spüre etwas anderes in ihm – eine Unsicherheit, eine Frage nach dem Sinn seines Tuns.

„Wofür kämpfst du, Valerius? Für Rom? Für Macht?", frage ich ihn, während unsere Schwerter aufeinanderprallen.

„Für Ordnung!", erwidert er trotzig, doch seine Stimme bricht leicht.

„Und was ist mit der Menschlichkeit? Was ist mit dir selbst? Rom sieht uns nur als Waffen – und dich auch."

Valerius hält inne, unsere Schwerter noch immer gekreuzt. Sein Blick trifft meinen, und einen Moment lang sehe ich nicht mehr den Centurio, sondern den Menschen dahinter.

„Es ist nie zu spät, das Richtige zu tun", sage ich ruhig.

Er zögert. Dann senkt er langsam sein Schwert. Um uns herum verstummt langsam der Lärm der Schlacht, während seine Soldaten verwirrt innehalten. Er blickt mich ernst an und nickt schließlich kaum merklich.

„Genug Blut wurde vergossen", ruft Valerius seinen Männern zu. „Lasst sie gehen. Heute siegt nicht Rom, sondern der Mensch."

Ein neuer Morgen

Der Kampf ist vorbei, ohne Sieger oder Besiegte, sondern mit einem unerwarteten Frieden. Valerius zieht seine Männer zurück, und wir bleiben zurück – müde, verletzt, aber lebendig und endlich wirklich frei.

Draco tritt neben mich und klopft mir auf die Schulter. „Vielleicht gibt es doch Hoffnung", sagt er mit einem leisen Lächeln.

„Vielleicht", erwidere ich nachdenklich. „Freiheit ist keine Arena. Sie ist ein Weg, und wir werden ihn gemeinsam gehen."

Als die Sonne hinter den Bäumen aufgeht, spüre ich eine tief sitzende Ruhe in mir, stärker als jemals zuvor. Heute haben wir nicht nur um Freiheit gekämpft, sondern gezeigt, dass auch der mächtigste Gegner – Rom selbst – besiegt werden kann, wenn wir uns entscheiden, nicht mehr für andere, sondern für uns selbst zu kämpfen.

Denn Freiheit bedeutet, die Arena endgültig hinter sich zu lassen – und endlich das Leben zu leben, das uns schon immer zustand.

Der dreizehnte Kampf – Schatten der Vergangenheit

Nach dem überraschenden Rückzug der Legionäre und dem Sieg unseres kleinen Bündnisses kehrt zunächst Frieden ein. Doch mit jedem Tag wird mir deutlicher, dass unser Kampf noch nicht vorbei ist. Freiheit zu erringen war schwer – sie zu behalten wird schwerer.

Unser Lager wächst weiter, immer mehr entflohene Sklaven und Gladiatoren schließen sich uns an, suchen Schutz und Hoffnung. Schnell erkenne ich, dass ich nicht nur Krieger geworden bin, sondern auch Anführer. Es ist eine Rolle, die ich nie gesucht habe, doch nun akzeptieren muss.

Die Herausforderung

Eines Morgens erreicht ein Bote unser Lager. Er trägt die Uniform eines Legionärs, kommt jedoch unbewaffnet und hebt die Hände zum Zeichen des Friedens. Er überreicht mir wortlos eine versiegelte Botschaft. Als ich sie öffne, gefriert mein Blut. Es ist ein Brief von Senator Gnaeus Flavius – ein mächtiger und gerissener Politiker in Rom:

„Cassian Viridius,
du hast Rom beschämt und viele Herzen gegen uns aufgewiegelt. Dein kleines Rebellenlager mag frei scheinen, doch Rom vergisst nie. Dennoch biete ich dir und deinen Leuten eine Möglichkeit, diesem endlosen Blutvergießen zu entgehen: Kapituliere und Rom wird euch begnadigen. Lehnst du ab, vernichten wir euch restlos. Die Entscheidung liegt bei dir.“

Draco steht neben mir und liest die Botschaft über meine Schulter. „Du glaubst doch nicht etwa, dass er sein Wort hält?“

Ich schüttele langsam den Kopf. „Nein, niemals. Aber er erwartet auch keine Kapitulation – er provoziert uns.“

„Was wirst du tun, Cassian?“, fragt Draco ruhig.

„Wir werden nicht warten, bis Rom uns angreift“, erwidere ich entschlossen. „Wir werden ihm zeigen, dass wir keine einfachen Opfer sind.“

Rückkehr nach Rom

Wir wissen alle, dass es Selbstmord wäre, gegen die Legionen frontal anzutreten. Deshalb schmieden wir einen anderen Plan – gezielt, präzise und gefährlich: Ich kehre heimlich nach Rom zurück, begleitet von Draco und einigen unserer besten Kämpfer, um Senator Flavius zu konfrontieren und klarzumachen, dass wir nie wieder Sklaven sein werden.

Als wir bei Nacht die Mauern der ewigen Stadt erreichen, fühlen sich die Straßen vertraut und zugleich fremd an. Jeder Schritt ist ein Echo der Vergangenheit. Ich erinnere mich an Marcus und Decimus – an die Arena und den Preis, den wir für unsere Freiheit zahlten.

„Fühlst du dich bereit?“, fragt Draco leise, während wir durch dunkle Gassen schleichen.

„Ich fühle mich, als würde ich in die Arena zurückkehren“, gebe ich zu. „Aber diesmal kämpfe ich für etwas Größeres als mein eigenes Überleben.“

Die Konfrontation

Wir dringen lautlos in die Villa des Senators ein. Wachen werden überwältigt, leise und effektiv. Schließlich stehe ich vor Flavius, der erschrocken aufspringt, als ich sein Zimmer betrete.

„Cassian!", ruft er aus, die Angst in seinen Augen gut sichtbar.

„Ich bin nicht hier, um dich zu töten, Senator", sage ich ruhig. „Ich bin hier, um dir klarzumachen, dass wir niemals wieder zurückkehren werden in deine Arena oder in deine Ketten. Sag Rom, wir wollen keinen Krieg – aber wir werden kämpfen, wenn ihr uns dazu zwingt."

Er versucht, seine Angst hinter einer arroganten Maske zu verbergen. „Rom wird euch vernichten!"

„Vielleicht", erwidere ich gelassen. „Doch wir haben nichts zu verlieren – im Gegensatz zu dir."

In diesem Moment spürt Flavius die Wahrheit meiner Worte. Er schweigt, denn er weiß, dass unser Kampf längst nicht mehr nur uns gehört, sondern allen, die Rom unterdrückt.

Der Preis der Freiheit

Doch während wir die Villa verlassen, spüre ich plötzlich Schmerz in meinem Rücken – ein Dolch trifft mich seitlich unterhalb der Schulter. Ich drehe mich um, sehe die Wache, die mich verwundet hat, und Draco, der ihn sofort niederschlägt.

„Cassian!", ruft Draco besorgt, während er mich stützt. „Halt durch!"

Wir entkommen, doch ich verliere viel Blut. Zurück im Lager werde ich versorgt, aber ich schwebe tagelang zwischen Leben und Tod. Während dieser Tage sehe ich Gesichter aus meiner Vergangenheit: Marcus, Decimus, die Arena – Schatten, die mich immer noch verfolgen.

Erwachen und neue Entschlossenheit

Als ich endlich erwache, sitzt Draco neben mir. Sein Blick ist erleichtert, aber auch sorgenvoll. „Du hast uns ganz schön erschreckt, Cassian."

Ich lächle schwach. „Es braucht wohl mehr als einen Dolch, um mich aufzuhalten."

„Du bist stärker als deine Vergangenheit", sagt Draco ernst. „Aber Rom wird wiederkommen."

„Dann werden wir bereit sein", erwidere ich entschieden.

Langsam erhole ich mich. Mit jeder Narbe wächst auch meine Entschlossenheit. Unsere Gemeinschaft wächst, das Lager wird zu einer Bastion der Hoffnung – einem Symbol für alle Unterdrückten im ganzen Imperium.

Und ich erkenne, dass der Kampf gegen Rom nie wirklich vorbei sein wird. Aber ich habe mich verändert: Ich bin nicht mehr Cassian, der Gladiator, sondern Cassian, der Verteidiger der Freiheit.

Meine Vergangenheit ist nicht länger eine Last – sondern eine Quelle der Stärke. Und solange ich atme, werde ich kämpfen – nicht mehr für Ruhm oder Rache, sondern für Freiheit und Gerechtigkeit.

Denn der größte Sieg ist nicht, die Arena zu verlassen, sondern dafür zu sorgen, dass niemand je wieder dort kämpfen muss.

Der vierzehnte Kampf – Funke der Revolution

Die Wochen nach meiner Genesung sind erfüllt von rastloser Aktivität. Unser Lager wächst schnell, das Wort über unseren Widerstand verbreitet sich wie ein Lauffeuer durch das Imperium. Doch mit jedem neuen Anhänger steigt auch die Verantwortung, die ich auf meinen Schultern fühle. Ich bin nicht mehr einfach Cassian, der ehemalige Gladiator. Ich bin der Anführer einer Bewegung geworden, die Rom herausfordert.

Eines Nachts, während ich am Feuer sitze, tritt Draco neben mich und sagt nachdenklich: „Cassian, wir haben Rom herausgefordert, und nun schaut die ganze Welt zu. Sie erwarten von dir eine Entscheidung."

„Welche Entscheidung meinst du?", frage ich ihn ruhig.

„Wollen wir nur überleben, oder wollen wir die Welt verändern?", erwidert Draco ernst. „Die Menschen sehen in dir Hoffnung. Sie glauben, dass du der Mann bist, der Rom stürzen kann."

Ich schweige lange, ehe ich schließlich antworte: „Ich wollte nie Held oder
Revolutionär sein. Ich wollte nur frei sein. Aber ich sehe, dass Freiheit nicht
nur mein Kampf ist. Sie gehört allen."

Draco nickt zustimmend. „Dann weißt du, was zu tun ist."

Ich sehe ins Feuer und spüre, wie ein neues Ziel in mir erwacht. Wir werden
nicht länger in den Schatten leben – wir werden das Imperium selbst
herausfordern, offen und direkt.

Die Botschaft an Rom

Ich entscheide, eine klare Nachricht nach Rom zu senden – keine Drohung,
sondern eine Erklärung. Wir schicken Boten in alle Städte, in denen Sklaven
leben und Gladiatoren in Ketten kämpfen. Unsere Worte sind simpel, aber
mächtig:

*„Erhebt euch! Niemand wird euch die Freiheit schenken – ihr müsst sie
euch selbst nehmen. Rom lebt von unserer Angst. Wenn wir gemeinsam
kämpfen, sind wir stärker als jede Legion."*

Zu unserer Überraschung schlägt diese Botschaft ein wie ein Blitz. Sklaven
beginnen, sich zu wehren, Gladiatoren rebellieren in ihren Arenen. Die
ganze Provinz gerät langsam in Bewegung – Rom gerät in Panik.

Der Gegenschlag

Doch Rom antwortet, wie Rom immer antwortet – mit brutaler Härte.
Legionen marschieren, Städte brennen. Es wird deutlich, dass unsere
Worte und Taten Konsequenzen haben. Bald stehen wir vor einer
Entscheidung: kämpfen oder fliehen.

Eines Tages erreicht uns die Nachricht, dass eine Legion unter Führung von
General Quintus Sertorius direkt auf unser Lager zumarschiert. Sertorius ist
berüchtigt für seine Grausamkeit, doch auch bekannt für seine taktische
Brillanz. Ein Gegner, den wir nicht unterschätzen dürfen.

Wir haben nur wenig Zeit, doch genug, um Vorbereitungen zu treffen.
Diesmal entscheiden wir uns nicht für eine direkte Konfrontation, sondern
für eine listige Verteidigung. Wir verwandeln unser Lager in eine tödliche

Falle – eine Arena, in der wir erstmals selbst bestimmen, wer überlebt und wer nicht.

Schlacht der freien Männer

Der Tag des Kampfes bricht an. General Sertorius marschiert selbstbewusst auf uns zu, überzeugt von der Stärke seiner Legionäre. Doch als seine Truppen unser Lager betreten, erkennen sie schnell, dass sie in eine Falle geraten sind. Bogenschützen verborgen im Wald eröffnen das Feuer, Fallen im Boden brechen Formationen auseinander, und plötzlich finden sich die stolzen Legionäre mitten im Chaos wieder.

Ich sehe Sertorius, wie er verzweifelt versucht, Ordnung in die eigenen Reihen zu bringen. Unsere Strategie funktioniert, aber bald muss ich erkennen, dass der General mit brutaler Entschlossenheit zurückschlägt. Unsere Krieger fallen, und das Gefecht gerät ins Stocken.

Inmitten des Chaos stehe ich plötzlich Sertorius selbst gegenüber. Er zieht sein Schwert, blickt mich mit glühendem Hass an. „Cassian, der Sklave, der Rom demütigt", spottet er verächtlich.

„Ich bin kein Sklave mehr", erwidere ich ruhig. „Heute kämpfen nicht Gladiatoren gegen Legionäre. Heute kämpfen freie Menschen gegen Tyrannen."

Wir duellieren uns hart, erbittert, aber auch respektvoll. Sertorius ist ein würdiger Gegner, doch ich kämpfe nicht mehr allein für mich – ich kämpfe für jeden einzelnen Menschen, der jemals unter Rom gelitten hat. Diese Erkenntnis gibt mir Kraft und Entschlossenheit, die ich nie zuvor gespürt habe.

Nach einem langen, erbitterten Kampf gelingt es mir, Sertorius zu entwaffnen. Er fällt auf die Knie, schwer atmend, doch ich bringe ihn nicht um. Stattdessen reiche ich ihm die Hand.

„Wir wollen keinen Krieg", sage ich laut, damit es alle hören. „Wir wollen nur unsere Freiheit. Sag Rom, dass wir kämpfen werden, solange es nötig ist – doch wir sehnen uns nach Frieden."

Sertorius blickt mich überrascht an, dann akzeptiert er langsam meine Hand und steht auf. Die Legionäre halten verwirrt inne. Ein Moment, der alles verändern könnte.

Neue Hoffnung

General Sertorius zieht seine Männer zurück – diesmal ohne Drohung, nur mit stillem Respekt. Unser Sieg ist symbolisch, aber entscheidend: Wir haben Rom gezeigt, dass wir stark genug sind, Widerstand zu leisten, aber auch menschlich genug, Gnade zu zeigen.

In den nächsten Wochen kommen noch mehr Menschen zu uns. Unser Lager wird zu einer echten Stadt, zu einer lebendigen Gemeinschaft von Menschen, die ihre Ketten abgeschüttelt haben.

Eines Abends sitzt Draco neben mir am Lagerfeuer und blickt in die Sterne. „Du hast ihnen Hoffnung gegeben, Cassian. Vielleicht ist das der wahre Sieg.“

Ich nicke nachdenklich. „Freiheit ist kein Ort, Draco. Es ist eine Idee. Und Ideen kann man nicht mit Schwertern besiegen.“

Langsam senkt sich Ruhe über unser Lager, doch ich weiß, dass unser Kampf weitergehen wird. Freiheit hat ihren Preis – doch jetzt, zum ersten Mal, verstehe ich, dass sie jeden Tropfen Blut wert ist.

Denn heute haben wir bewiesen, dass selbst das mächtigste Imperium eine Idee niemals bezwingen kann, deren Zeit gekommen ist.

Der fünfzehnte Kampf – Bündnis der Rebellen

In den Monaten nach unserem symbolischen Sieg über General Sertorius verändert sich alles. Unser kleines Lager ist mittlerweile zu einer lebendigen Stadt gewachsen, ein Zufluchtsort für jene, die den Fesseln Roms entkommen sind. Doch mit unserem Wachstum wird auch klar, dass Rom diesen Widerstand nicht einfach ignorieren wird.

Draco steht eines Tages neben mir auf einem Hügel, von dem aus wir unser Lager überblicken. In der Ferne sehe ich neue Gesichter, Familien, Kinder, ehemalige Sklaven – Menschen, die zum ersten Mal Freiheit schmecken.

„Sie glauben an dich, Cassian", sagt Draco nachdenklich. „Sie glauben, dass du Rom besiegen kannst."

„Ich kann Rom nicht allein besiegen, Draco. Wenn wir wirklich frei sein wollen, brauchen wir Verbündete."

Er nickt langsam. „Ich habe gehört, dass es im Süden, nahe Capua, eine ähnliche Gruppe von entflohenen Gladiatoren gibt. Ihre Anführerin nennt sich Aurelia – und sie hat Roms Legionen mehrmals zurückgeschlagen."

„Dann sollten wir mit ihr sprechen", antworte ich entschlossen. „Gemeinsam könnten wir stark genug sein, Rom endgültig klarzumachen, dass ihre Herrschaft nicht ewig währt."

Die Begegnung mit Aurelia

Wenige Tage später erreichen Draco und ich mit einigen Männern Capua. Dort treffen wir Aurelia, eine eindrucksvolle Frau mit feuerrotem Haar und einem entschlossenen Blick. Sie begrüßt uns vorsichtig, aber respektvoll.

„Cassian Viridius", sagt sie und betrachtet mich neugierig. „Der Gladiator, der Rom herausfordert."

„Nur ein Mann, der für die Freiheit kämpft", erwidere ich bescheiden.

Sie lächelt. „Freiheit ist ein gefährliches Wort – aber auch ein schönes."

Nach langen Gesprächen und strategischen Beratungen beschließen wir, ein Bündnis zu formen. Wir vereinen unsere Kräfte und planen, Rom endgültig zu zeigen, dass unser Kampf für Freiheit unumkehrbar ist.

Der Gegenschlag Roms

Doch während wir uns vorbereiten, erhält Aurelia eine beunruhigende Nachricht: Rom hat drei Legionen unter dem Befehl von Konsul Marcus Severus mobilisiert – ein mächtiger Mann, bekannt für seine Rücksichtslosigkeit und taktische Brillanz. Sein Ziel ist es, unseren Widerstand ein für alle Mal zu zerschlagen.

In einer Sitzung beraten wir uns mit Aurelia und ihren Kämpfern. Sie schaut ernst in die Runde. „Wir müssen entscheiden: Verteidigen wir uns, oder greifen wir an?"

„Wenn wir warten, werden wir vernichtet", sage ich entschlossen. „Wir müssen ihnen entgegentreten – auf unserem eigenen Schlachtfeld, nicht auf ihrem."

Aurelia nickt. „Dann greifen wir gemeinsam an."

Die Entscheidungsschlacht bei Capua

Wir ziehen gemeinsam aus, mehr als tausend Männer und Frauen, die einst unter Roms Ketten litten. Die Legionen des Marcus Severus erwarten uns bereits – selbstbewusst, arrogant, überzeugt davon, dass ihre disziplinierte Stärke jeden Widerstand brechen wird.

Vor der Schlacht treffe ich auf Marcus Severus persönlich. Sein Blick ist eisig, und er spricht mit harter Stimme: „Cassian Viridius, du hättest ein Held Roms sein können. Stattdessen wähltest du Verrat."

„Ich habe Freiheit gewählt, Konsul. Etwas, was du niemals verstehen wirst", erwidere ich ruhig.

Die Schlacht beginnt mit einem gewaltigen Zusammenprall. Es ist eine Schlacht, die wir eigentlich nicht gewinnen sollten, doch der Wille zur Freiheit macht uns stärker, schneller, entschlossener. Draco und Aurelia kämpfen an meiner Seite, und unsere Rebellen schlagen sich mutiger, als ich es je erlebt habe.

Doch plötzlich wendet sich das Blatt: Die Legionen greifen mit neuen Reserven an, und wir geraten in Bedrängnis. Ich sehe Aurelia umzingelt, ihre Kämpfer kämpfen verzweifelt. Ich kämpfe mich zu ihr durch und rette sie gerade noch vor einem tödlichen Schlag.

„Wir müssen Marcus Severus schlagen, sonst zerfallen wir!", ruft Aurelia.

Ich nicke entschlossen. „Dann lassen wir ihn den Preis seiner Arroganz zahlen."

Wir suchen Marcus Severus inmitten des Chaos, und bald stehen wir ihm gegenüber. Doch diesmal kämpfe ich nicht allein – Aurelia kämpft wie eine

Löwin an meiner Seite. Nach einem heftigen Kampf überwältigen wir Marcus Severus. Er fällt zu Boden, entwaffnet, und blickt uns trotzig an.

„Beende es, Gladiator", fordert er mich heraus.

Doch ich schüttle den Kopf. „Nein. Du wirst leben – und Rom zeigen, dass selbst ihre stärksten Krieger besiegt werden können."

Marcus Severus sieht mich verwirrt an. „Du bist ein Narr, Cassian."

„Nein, ich bin frei", sage ich mit ruhiger Entschlossenheit.

Der Triumph der Freiheit

Die Legionen ziehen sich zurück, demoralisiert und führungslos. Unser Sieg verbreitet sich schnell durch das gesamte Reich, unser Bündnis mit Aurelia wird zu einem Symbol des Widerstands.

Zurück in unserem Lager feiern wir den schwer errungenen Triumph. Draco und Aurelia stehen neben mir, während unsere Leute jubeln, feiern, lachen – frei und ungebrochen.

„Was wirst du jetzt tun?", fragt Aurelia mich später in der Nacht, als wir zusammen am Lagerfeuer sitzen.

„Ich werde kämpfen – solange es nötig ist", sage ich entschlossen. „Aber ich werde auch lehren. Freiheit ist nicht nur ein Kampf – sie ist eine Art zu leben."

Aurelia lächelt sanft. „Vielleicht gibt es doch Hoffnung für diese Welt."

„Nicht nur Hoffnung", erwidere ich ernst. „Wir werden der Welt zeigen, dass Freiheit stärker ist als Angst. Und eines Tages, Aurelia, wird niemand mehr in Ketten geboren werden."

Unter den Sternen dieser Nacht spüre ich tief in mir, dass unser Kampf größer geworden ist als ich selbst, größer als Rom. Wir kämpfen nicht mehr nur für unser eigenes Überleben – wir kämpfen für die Zukunft einer ganzen Welt.

Und solange noch ein Herz schlägt, das sich nach Freiheit sehnt, werde ich Cassian Viridius sein – Gladiator, Anführer, Freiheitskämpfer – bis mein letztes Gefecht gefochten ist.

Denn Freiheit endet nie. Sie lebt weiter – in jedem Menschen, der den Mut
hat, dafür zu kämpfen.

Der sechzehnte und letzte Kampf – Frieden für immer

Die Jahre nach unserem großen Sieg über Rom veränderten alles. Unser
Widerstand breitete sich aus, der Traum der Freiheit griff wie ein Funke um
sich und zwang Rom schließlich dazu, uns in Ruhe zu lassen. Nicht, weil sie
uns mochten, sondern weil sie verstanden hatten, dass der Wunsch nach
Freiheit stärker war als alle Legionen der Welt.

Irgendwann erkannte ich, dass ich meinen Teil getan hatte. Der Kampf um
Freiheit würde weitergehen, aber ich war müde geworden – müde vom
Kämpfen, müde vom Blutvergießen. Es war Zeit, endlich ein anderes Leben
zu führen.

An einem warmen Sommerabend sitze ich mit Aurelia auf einem Hügel und
sehe auf unser Lager hinab. Die Sonne senkt sich golden hinter die Hügel
Kampaniens, als sie plötzlich sanft meine Hand nimmt.

„Cassian", sagt sie leise, „wir haben genug gekämpft, meinst du nicht?"

Ich blicke ihr in die Augen und spüre zum ersten Mal seit langer Zeit echten
Frieden. „Ja, Aurelia. Es ist Zeit, dass wir leben – nicht nur überleben."

Sie lächelt warm und drückt meine Hand. „Dann lass uns von hier
fortgehen. Weit weg vom Kampf, dorthin, wo Rom uns nie wieder findet."

„Und wohin?", frage ich neugierig.

„In den Süden", sagt sie lächelnd. „An die Spitze Italiens, dort, wo das Meer
blau ist und der Himmel klar. Dort könnten wir ein neues Leben beginnen."

„Dann lass uns gehen", erwidere ich entschlossen. „Zusammen."

Ein neues Leben

Wir verlassen unser Lager nicht lange danach, verabschieden uns herzlich
von Draco und unseren Freunden, die nun die Bewegung weiterführen.
Aurelia und ich reisen weit in den Süden, bis wir endlich einen kleinen,

friedlichen Ort am äußersten Ende Italiens erreichen – ein verborgenes Paradies, an dem das Meer ruhig und der Himmel immer blau ist.

Hier, fernab vom Krieg, bauen wir ein kleines Haus mit Blick aufs Meer. Die Jahre verstreichen sanft, erfüllt von Liebe und Frieden. Bald füllt sich unser Zuhause mit Lachen und Kinderstimmen. Aurelia schenkt mir fünf wundervolle Kinder – drei starke, lebhafte Söhne und zwei mutige, liebevolle Töchter. Jedes einzelne von ihnen trägt den Funken unserer Liebe und unseres Kampfes für Freiheit in sich.

An Abenden sitzen wir oft zusammen auf der Terrasse, erzählen unseren Kindern Geschichten von Rom, von der Arena und von unserer Revolution. Doch mit jedem Jahr werden diese Erinnerungen weniger schmerzhaft und immer mehr zu Zeugnissen unserer Stärke und Liebe.

Der letzte Kampf

Eines Tages, viele Jahre später, sitze ich mit Aurelia am Strand, während unsere inzwischen erwachsenen Kinder uns von weitem lachend und spielend beobachten. Die Sonne taucht das Meer in goldenes Licht, und Aurelia legt ihren Kopf auf meine Schulter.

„Bereust du es jemals, Cassian?", fragt sie sanft. „All die Kämpfe, all das Leid?"

Ich schüttle den Kopf und streichle ihre Hand. „Nein. Denn all das hat mich hierhergeführt – zu dir, zu unseren Kindern, zu diesem Moment."

Sie sieht mich liebevoll an, und in ihren Augen spiegelt sich der Frieden, den wir beide so hart erkämpft haben.

„Unser letzter Kampf ist vorbei", flüstere ich. „Jetzt dürfen wir endlich glücklich sein."

„Ich liebe dich, Cassian", sagt sie ruhig. „Schon seit dem ersten Tag, als ich dich sah."

„Und ich dich, Aurelia – bis zu meinem letzten Atemzug."

Ein friedliches Ende

Die Jahre ziehen sanft vorüber. Unsere Kinder werden groß, stark und frei, gründeten eigene Familien und erzählten unsere Geschichte weiter. Und eines Tages, in hohem Alter, sitzen Aurelia und ich Hand in Hand auf unserer Terrasse, blicken ein letztes Mal gemeinsam auf das weite Meer hinaus.

„Es war ein schönes Leben, Cassian", sagt Aurelia leise, ihre Stimme weich und warm.

„Das schönste", erwidere ich liebevoll. „Weil wir es zusammen gelebt haben."

Die Sonne sinkt langsam ins Meer, und ein Gefühl tiefster Ruhe erfüllt mein Herz. Aurelia lehnt sich an mich, und gemeinsam schließen wir langsam die Augen. Unsere Hände halten einander fest, zwei Seelen, die zusammen gekämpft, geliebt und gelebt haben.

An diesem Abend gehen wir friedlich, ohne Schmerzen, ohne Angst, umgeben von der Liebe unserer Kinder und Enkelkinder, die unser Leben fortführen.

Cassian und Aurelia, einst Gladiatoren und Rebellen, hatten ihren letzten Kampf gekämpft – und gewonnen. Sie hatten nicht nur Freiheit gefunden, sondern auch Frieden, Liebe und Glück. Und irgendwo, an der südlichsten Spitze Italiens, leben ihre Nachkommen noch immer, frei geboren und frei geblieben.

Denn Freiheit war ihr Vermächtnis.
Liebe war ihre Wahrheit.
Und Frieden war ihr Sieg.

© 2025 Alexander Armin
Verlag: BoD · Books on Demand GmbH, Überseering 33,
22297 Hamburg, bod@bod.de
Druck: Libri Plureos GmbH, Friedensallee 273, 22763 Hamburg
ISBN: 978-3-8192-4586-2